S0-AJQ-855

LE COURAGE ET L'HUMILITÉ

Dans la même série

Les Loups du tsar, La naissance et la force, roman, 2009.

Les Loups du tsar, La loyauté et la foi, roman, 2009.

Jeunesse

Le trésor des SS, série Phoenix, détective du Temps, Montréal, Trécarré, 2009.

M'aimeras-tu assez ?, Montréal, Trécarré, coll. «Intime», 2008.

Ma vie sans toi, Trécarré, coll. «Intime», 2008.

Les enfants de Poséidon, Le retour des Atlantes, Montréal, Éditions La Semaine, 2008.

Les enfants de Poséidon, Les lois de la communauté, Montréal, Éditions La Semaine, 2007.

Les enfants de Poséidon, La malédiction des Atlantes, Montréal, Éditions La Semaine, 2007.

L'empereur immortel, série Phoenix, détective du Temps, Montréal, Trécarré, 2007.

Une histoire de gars, Montréal, Trécarré, coll. «Intime», 2007.

L'énigme du tombeau vide, série Phoenix, détective du Temps, Montréal, Trécarré, 2006.

À contre-courant, Montréal, Trécarré, coll. «Intime», 2005.

De l'autre côté du miroir, Montréal, Trécarré, coll. «Intime», 2005.

Entre lui et elle, Montréal, Trécarré, coll. «Intime», 2005.

L'amour dans la balance, Montréal, Trécarré, coll. «Intime», 2005.

Trop jeune pour moi, Montréal, Trécarré, coll. «Intime», 2005.

Adulte

Le grand deuil, Montréal, Éditions Michel Brûlé, 2007.

L'eau, le défi du siècle, Montréal, Éditions Publistar, 2005.

Pour quatorze dollars, elles sont à vous (avec Céline Lomez), Éditions Publistar, coll. «Bibliographie», 2004.

SYLVIE-CATHERINE DE VAILLY

Les Loups du tsar 2

Le courage et l'humilité

Les Éditions des Intouchables bénéficient du soutien financier de la SODEC et du Programme de crédits d'impôt du gouvernement du Québec.

 Conseil des Arts du Canada Nous remercions le Conseil des Arts du Canada de l'aide accordée à notre programme de publication.

Nous reconnaissons l'aide financière du gouvernement du Canada par l'entremise du Programme d'aide au développement de l'industrie de l'édition (PADIÉ) pour nos activités d'édition.

 Membre de l'Association nationale des éditeurs de livres.

LES ÉDITIONS DES INTOUCHABLES
512, boulevard Saint-Joseph Est, app. 1
Montréal, Québec
H2J 1J9
Téléphone : 514-526-0770
Télécopieur : 514-529-7780
www.lesintouchables.com

DISTRIBUTION : PROLOGUE
1650, boulevard Lionel-Bertrand
Boisbriand, Québec
J7H 1N7
Téléphone : 450-434-0306
Télécopieur : 450-434-2627

Impression : Transcontinental
Illustration de la couverture : Alexandre Girard
Infographie : Mathieu Giguère

Dépôt légal : 2009
Bibliothèque et Archives nationales du Québec
Bibliothèque nationale du Canada

© Les Éditions des Intouchables, Sylvie-Catherine De Vailly, 2009
Tous droits réservés pour tous pays

ISBN : 978-2-89549-375-4

CHAPITRE 1

Saint-Pétersbourg, 12 août 1904

Le bruit assourdissant débusqua des centaines et des centaines de pigeons qui picoraient ici et là, un peu partout à travers la ville et en particulier sur l'immense place des Palais, située au cœur de Saint-Pétersbourg. Cette magnifique esplanade était encadrée, entre autres, du palais d'Hiver, flamboyante construction toute en longueur de style baroque, en vert et blanc, posée sur les berges de la Neva ; de l'incroyable Ermitage* ; de l'état-major ; des casernes et des écuries. En son centre s'élevait à plus de 47 mètres de hauteur la colonne d'Alexandre*, obélisque de granit rouge qui se nimbait d'un ange victorieux. Hommage silencieux au triomphe des Russes sur les troupes napoléoniennes.

La trajectoire irrationnelle de l'envolée des columbidés faisait presque penser à une chorégraphie rythmée par chaque nouvelle déflagration qui venait percuter de son écho tapageur le ciel bleu azur de la capitale impériale.

Trois cents coups de canon retentirent ainsi dans un vacarme cacophonique, déchirant le calme matinal de ce vendredi estival, pour annoncer avec éclat la venue du nouvel enfant de la famille royale : le *tsarevitch** et grand duc Alexis Nicolaïevitch Romanov de Russie.

Au grand bonheur de ses parents et de la famille, la Russie avait enfin un héritier.

Cet été-là, la chaleur était déjà lourde et accablante, mais rien ne viendrait porter ombrage à l'enchantement qui marquait cette extraordinaire journée. Pendant une journée entière, les difficultés que rencontrait la Russie demeureraient enfermées dans les dossiers qui s'empilaient sur la table de travail du tsar.

En ce vendredi 12 août, Nicolas II délaissait sa fonction d'homme d'État. Il cessait momentanément de consacrer son temps à régler les affaires urgentes de son empire pour se vouer à un autre rôle qu'il jugeait tout aussi important, celui de père. Car c'était l'une des qualités du tsar d'être aussi un homme de famille, quelqu'un pour qui les relations avec sa femme et ses enfants comptaient beaucoup. L'empereur n'avait pas peur d'afficher publiquement la tendresse qu'il avait pour eux.

En réalité, Nicolas II n'avait jamais souhaité être tsar, c'était sa destinée, voilà tout. Si on lui avait laissé le choix, il aurait certainement opté pour une vie plus sereine à la campagne, loin du faste de la cour et de ses obligations. L'empereur était un homme simple qui détestait singulièrement les prises de position et les conflits. Et c'était bien là, en vérité, l'une de ses principales faiblesses : son indécision. C'était d'ailleurs pour pallier ce manque de caractère qu'il s'était entouré des meilleurs conseillers, comme son ministre Serge Witte*, qui avait déjà guidé les choix de son père bien avant lui.

Nicolas II, comblé de bonheur, embrassa amoureusement le front moite de sa chère Alexandra, ravie mais épuisée. L'accouchement n'avait pas été facile, car le travail avait duré presque toute la nuit. Dans la chambre impériale, une armée d'infirmières, ainsi que le praticien personnel de l'impératrice, assisté de deux autres professeurs de l'Académie de médecine, s'occupaient avec empressement de la tsarine et du *tsarevitch*. Après avoir été soigneusement lavé et langé, le jeune Alexis retourna dans les bras de sa mère dont le regard exprimait toute la fierté du monde.

— N'est-il pas magnifique, mon ami ? dit-elle à l'intention du tsar.

— C'est la plus belle chose que nous pouvions souhaiter, mon Alix* ! Encore une fois, vous avez fait un travail remarquable. Après ces quatre beautés que sont mes filles, vous m'offrez un garçon qui pourra rivaliser, sans rougir, avec ses sœurs.

Le tsar se tut un instant, contemplant avec tendresse ce minuscule bout d'homme qui allait, pensait-il, connaître une vie exceptionnelle. Le monde se trouvait devant lui, il n'aurait qu'à le saisir à bras-le-corps. L'empereur avait déjà de grands rêves pour ce petit être qui avait vu le jour à peine deux heures plus tôt.

— Vous savez que nous avons maintenant une dette envers ce cher moine. Il nous avait prédit, il y a quelques mois de cela, ce grand bonheur, lui rappela Alexandra quelques instants après en lissant soigneusement de sa main droite le revers de dentelle de son drap.

Sur ces entrefaites, deux infirmières s'approchèrent du lit pour ajuster les larges oreillers en duvet.

— Oui, oui, bien sûr, Raspoutine! En effet, sa perspicacité est déconcertante, répondit l'empereur sur un ton songeur.

— Mais c'est un devin… un *staretz**, mon ami! Ne pensez-vous pas que vous devriez l'attacher à votre service, très cher? Un homme doté d'un tel don de voyance ne devrait pas croupir dans un monastère humide, quelque part aux confins de notre vaste pays.

Nicolas porta ses doux yeux bleus sur sa femme. Alexandra avait certes raison lorsqu'elle proposait de garder le moine auprès d'eux. Le tsar s'était déjà fait cette même réflexion. Mais la tsarine se trompait largement quant à son rôle au sein du monastère. Cela, elle l'ignorait complètement.

La Confrérie des Loups n'était connue que de ses membres et du tsar en personne, afin de préserver le secret de son existence et la sécurité de ceux qui la composaient. Ce secret n'était d'ailleurs divulgué au roi que le jour même de son accession au trône. Alexis ne découvrirait à son tour l'existence de cette confrérie qu'au moment où il serait lui-même couronné tsar de Russie. C'était ainsi depuis que la Russie était une autocratie, depuis qu'elle dépendait du pouvoir d'un seul empereur. Même le Grand Maître de la confrérie ne connaîtrait la raison d'être de cette société que plusieurs mois après sa désignation à cette fonction. C'était une façon de mettre à l'épreuve les intentions réelles du nouveau maître des Loups, qui devait faire preuve de patience, de persévérance et de soumission avant d'être initié au secret par la Chambre des douze.

Par ailleurs, les autres Loups et leurs meutes ignoraient totalement quelle était la nature de ce qu'ils défendaient au péril de leur vie. Ils n'étaient initiés qu'à un seul précepte : protéger le pouvoir et son porteur. Ils n'avaient aucune idée de ce qui se cachait derrière. Ils savaient que le tout constituait un grand mystère, mais ils n'en connaissaient pas la teneur. Dès leur plus jeune âge, ils apprenaient à défendre ce secret sans savoir ce qu'il celait véritablement. Leur foi dans l'ordre devait être absolue.

Le secret recelait de nombreux mystères qui n'étaient divulgués qu'au fur et à mesure que l'initié gravissait les échelons. C'était le meilleur moyen d'en préserver la sécurité.

— Oui, répondit enfin le tsar. Encore faut-il qu'il accepte de rester dans la capitale. Cet homme est un anachorète*, et le calme de son monastère doit commencer à lui manquer. Il est à Saint-Pétersbourg depuis des semaines maintenant, il doit lui tarder de rentrer. Je doute qu'il veuille demeurer auprès de nous.

— Que me dites-vous là, cher ami? C'est vous, le tsar! S'il vous plaît que Raspoutine reste à nos côtés encore un temps, qui pourrait aller à l'encontre de votre décision?

— Personne, bien évidemment. Vous avez raison. Mais je ne souhaite pas que le prieur demeure ici sur mon ordre, mais parce qu'il en a envie.

— Je me suis laissé dire que ce saint homme aimait beaucoup la capitale et ses attraits, ajouta Alexandra dans un sourire garni de sous-entendus.

Nicolas ne releva pas l'insinuation et se contenta de faire une risette à l'enfant qui le dévisageait.

— Il me sourit…, s'exclama l'empereur.

— Mon ami, que vous êtes charmant… Les nouveau-nés ne sourient pas, ils sont à peine conscients de leur environnement immédiat.

Le tsar fronça les sourcils.

— Vous vous trompez, ma chère Alix, il vient de me sourire, et d'ailleurs Alexis n'est pas un enfant comme les autres, c'est un *tsarevitch* !

La tsarine sourit à son tour, charmée par la crédulité parfois enfantine de son mari. Une infirmière d'un certain âge qui avait été présente lors des précédents accouchements de la tsarine, s'approcha du lit royal. D'un air bourru et décidé, elle fit clairement comprendre au tsar que l'enfant et la mère devaient maintenant se reposer.

— Je vous laisse, ma mie, je reviendrai tout à l'heure avec nos filles, qui ont très hâte de rencontrer leur nouveau petit frère et de venir vous embrasser.

Le vacarme extérieur résonnait sourdement entre les riches parois de marbre rose et vert amande, de malachite et d'or de la cathédrale Saint-Isaac, tandis que le moine se dirigeait d'un pas décidé vers l'impressionnante nef de la basilique, surmontée d'un dôme majestueux, en or également.

L'endroit s'était peu à peu vidé après les tierces*, et c'était précisément le moment que Raspoutine avait choisi pour s'y rendre. Seul le sacristain s'affairait dans le lieu saint, à replacer quelque cierge et à préparer la prochaine messe, celle de midi, la sexte*. L'homme jeta un regard attentif et interrogateur à celui qui arrivait, mais lorsqu'il aperçut la soutane noire du moine et sa *skoufa**, il le salua avec respect avant de retourner à ses activités, sans rien dire.

À mi-chemin, Raspoutine se signa une première fois, posant son genou gauche au sol, avant de reprendre son chemin jusqu'à la nef. Une fois arrivé, il se signa une seconde fois. Ses yeux bleus, admiratifs, firent le tour des lieux, contemplant chaque détail de la place sainte magnifiée de richesses et de fioritures, d'icônes*, de peintures et de lustres scintillants. Une vraie splendeur de pur style baroque. Mais ce qui ébahissait le plus les visiteurs, c'était certainement toutes ces mosaïques de verre aux couleurs magnifiques représentant un panorama d'icônes d'une beauté inégalée. Raspoutine s'était laissé dire que plus de douze mille teintes de différentes nuances avaient été utilisées pour façonner ces œuvres majestueuses. Le résultat était, sans conteste, à couper le souffle.

Le prieur du monastère Ipatiev se mit à genoux, en position de pénitent. Il ressentait un grand besoin de se recueillir et ce fut dans une grande piété qu'il se mit à marmonner ses prières, en joignant ses mains sur son modeste chapelet de laine noire, formé de cent nœuds qu'il fit glisser un à un entre ses longs doigts.

Son intense méditation dura une bonne vingtaine de minutes, tandis que son visage affichait une profonde et sincère ferveur. Mais à part Dieu, qui aurait pu dire vers qui allaient réellement ses pensées ?

Tranquillement, ses traits crispés se modifièrent pour laisser transparaître un visage affable. Et à les voir ainsi s'apaiser et se détendre, on pouvait effectivement songer que les pensées du moine ne s'adressaient peut-être pas forcément au Grand Patron, tant elles semblaient lui procurer une grande satisfaction. Il ne s'agissait pas là du visage d'un pénitent, ni de celui de la béatitude !

Raspoutine ouvrit lentement les paupières sur ses énigmatiques yeux bleus qu'il leva vers la sainte croix, tandis qu'un large sourire venait illuminer son visage, habituellement ingrat. Son regard émit alors une onde de bien-être, de ravissement et, dans une autre langue que la sienne, il murmura à l'intention de la représentation cruciforme :

— *Grazie, Santo Padre**.

Se relevant avec vitalité, le Grand Maître se dirigea vers le côté ouest de l'église, où brûlaient des dizaines et des dizaines de cierges et de lampions disposés sur plusieurs rangées, qui irradiaient de lumière et de chaleur cette zone sombre. Avec l'aplomb de ceux qui savent ce qu'ils font, il prit une longue et fine baguette de bois qui s'enflamma presque aussitôt au contact d'une des flammes. Il contempla un instant la lumière qui vacillait légèrement avant de la diriger vers un cierge beaucoup plus grand, sur la dernière rangée. La mèche hésita à s'embraser, puis, tranquillement, prit de plus en plus de vigueur. Satisfait, Raspoutine ferma les yeux avant de murmurer quelques paroles en latin. Il se signa de nouveau, puis quitta d'un pas énergique les lieux maintenant vides. Le sacristain était parti discrètement sans que le moine s'en aperçût, et cela était bien égal à ce dernier.

À l'extérieur, la ville avait repris ses habitudes et l'incroyable tintamarre des grands coups de canon qui avaient réveillé la Russie faisait désormais partie des souvenirs des Pétersbourgeois. La naissance du *tsarevitch* était maintenant connue de tous. Le tsar Nicolas II avait décrété que tous les États russes célébreraient l'événement, d'est en ouest et du nord au sud. Même les prisonniers recevraient pour l'occasion un traitement spécial. Les festivités dureraient tout un mois.

Les pigeons, qui avaient réintégré la place des Palais, reprenaient avec indifférence leurs sempiternels mouvements de tête, accompagnant leur picorage d'un roucoulement continu, comme si rien ne s'était passé.

Les oiseaux ont toujours été des témoins privilégiés des époques et de l'histoire de l'humanité.

Ils observent avec détachement, mais intérêt, la vie des gens avec qui ils cohabitent depuis la nuit des temps, et quand les choses se gâtent, ils quittent les lieux dans un battement d'ailes.

Lorsque le Grand Maître referma la lourde porte de bois de l'église derrière lui, il entendit dans son dos :

— Raspoutine-Novyï, prieur du monastère Ipatiev, à Kostroma ?

Le moine, hésitant, se retourna avec lenteur. Il examina avec méfiance les deux hommes de stature très imposante qui se tenaient devant lui, avant d'opiner de la tête en découvrant qu'il s'agissait de deux soldats de la garde impériale du tsar. Les deux hommes, bien que baraqués et très impressionnants, n'affichaient aucune animosité, ce qui rassura le moine. En un éclair, il infiltra les pensées de celui qui venait de parler pour découvrir que leurs intentions étaient bonnes. Dans un mouvement parfaitement synchronisé, les deux hommes le saluèrent.

— Veuillez nous suivre, le tsar vous attend.

Sans chercher à connaître les raisons de cette convocation, le prieur enfourcha le cheval mis à sa disposition. Il savait les deux hommes aussi ignorants que lui ; ils n'étaient là que pour transmettre les ordres, on ne les mettait pas dans la confidence. Le moine ne voyait donc pas l'utilité de les interroger. Par ailleurs, le cheval pouvait sembler bien inutile, quand on savait que le palais d'Hiver ne se trouvait qu'à un jet de pierre de la cathédrale, mais il était hors de question de faire attendre Nicolas II, empereur et autocrate de toutes les Russies. Lorsqu'il vous convoquait, il n'était pas recommandé de le faire attendre. Il était préférable de faire diligence. Et ce fut ce que firent les trois cavaliers que les promeneurs, curieux de voir deux gardes royaux escorter d'urgence un moine vêtu d'une bure noire, virent passer au galop.

Quelques minutes plus tard, après avoir parcouru d'interminables pièces et couloirs au pas de course, le moine, essoufflé, fut enfin introduit dans le cabinet de travail du monarque. Entre le moment où le tsar avait envoyé ses hommes chercher le religieux et celui où il fut admis dans son bureau, il ne s'était passé que dix-sept minutes. L'efficacité des hommes de main de l'empereur n'était plus à démontrer.

Le bureau de celui qui dirigeait l'un des plus grands empires, ce lieu où se prenaient de cruciales décisions, était, somme toute, assez austère et totalement dépourvu de fla-fla. Les meubles étaient pour la plupart dépareillés, et les seuls éléments décoratifs de la pièce étaient une multitude de photographies joliment encadrées et une imposante cheminée couverte de lambris, laquelle, disait-on, recelait d'innombrables cachettes secrètes et quelques trésors fort intéressants. Plusieurs œufs Fabergé, de même qu'une impressionnante collection de bouddhas, ponctuaient, ici et là, le reste du décor de leur touche étincelante.

— Ah! Raspoutine, vous voilà enfin! s'écria le tsar en se levant prestement de son fauteuil pour faire deux pas dans sa direction.

Nicolas II referma le livre qu'il était en train de feuilleter.

— Je vous attendais en lisant *Que faire?*, un traité révolutionnaire écrit par un certain Lénine*. C'est assez fascinant, et non dénué de concepts éclairés… Vous connaissez?

Raspoutine répondit par la négative.

— Lisez-le, c'est des plus intéressant. Je crois sincèrement que d'être informé des idées de ceux qui nous entourent peut être très instructif quant à leurs aspirations profondes. Et puis, ce n'est pas à vous que je vais apprendre que les activistes du Parti ouvrier social-démocrate de Russie gagnent en popularité. Et ce Lénine, dit l'empereur en désignant le livre, semble également marquer des points auprès de la population.

— Je me ferai un devoir de lire ses écrits, répondit le moine.

— Oui, oui, je vous le conseille fortement. Il faut toujours connaître les joueurs de la partie en cours, ça permet, bien souvent, de parer les coups. Gregori, votre prédécesseur, était un maître dans ce domaine, il décelait les malaises avant qu'ils n'atteignent un stade de développement plus sérieux. Il s'intéressait à tout et à tout le monde, ce qui lui donnait une vision globale des choses. Il reconnaissait l'émergence du mal et soignait rapidement le malade avant que son cas ne s'aggrave et qu'il n'en contamine d'autres, précisa le monarque, assez content de sa métaphore. Vous devrez y voir, votre fonction vous oblige à anticiper les problèmes, c'est votre rôle.

Raspoutine ne broncha pas, même si intérieurement il détestait être comparé à l'ancien Grand Maître. Il savait, lui aussi, parer les coups, et son instinct lui avait toujours été d'une grande utilité. Il n'avait pas attendu les ordres de l'empereur pour se mettre au travail et déployer ses Loups aux quatre coins de la Russie. Il était déjà au fait de la situation et du mal qui rongeait tranquillement les entrailles de l'empire.

Le tsar, de son côté, marqua un temps, comme s'il réfléchissait à quelque chose qu'il aurait oublié. Il reprit enfin sur un autre ton.

— Mais laissons ça, voulez-vous… Venez, mon ami, venez que nous conversions un peu. Je ne vous ai pas convié dans mon cabinet pour discuter de ces quelques problèmes de jacqueries*. La Russie connaît depuis toujours ce genre de tracasseries qui se développent selon les courants de pensée et les récoltes et, croyez-moi, le tout est largement influencé par les conditions météorologiques, conclut-il en éclatant d'un rire joyeux, visiblement très satisfait de sa plaisanterie.

La bonne humeur rayonnait sur le doux visage de Nicolas II et ses yeux bleus n'affichaient qu'enchantement. Raspoutine comprenait tout à fait que la naissance du *tsarevitch* en était la cause. Le moine se força à sourire. Il n'était pas certain de bien saisir l'humour du tsar, mais il le garda pour lui-même, cela n'avait aucune importance. Le tsar riait, mieux valait rire avec lui.

— Nos discussions peuvent encore attendre une journée, reprit enfin l'empereur. Nous y reviendrons... plus tard. De toute façon, c'est à l'ordre du jour.

Le prieur, qui n'avait pas bougé depuis son arrivée dans la salle de travail, puisque le monarque l'avait interpellé avant, salua alors l'empereur avec respect, selon l'usage, avant de parcourir l'espace qui les séparait. Nicolas II l'invita à prendre place dans un des deux fauteuils de cuir brun, vieilli et patiné, qui se faisaient face. L'emplacement choisi par le tsar pour leur entretien témoignait de l'intimité que l'empereur tenait à installer entre le moine et lui.

— Je préfère, si vous n'y voyez pas d'inconvénients, mon roi, demeurer debout. J'ai, depuis quelques jours, le nerf de la jambe droite qui fait des siennes, invoqua le prieur.

— Oh! Je comprends, je comprends... Restons debout, alors.

L'entrevue n'était pas officielle, et Raspoutine l'avait tout de suite compris lorsque Nicolas II s'était désigné lui-même au singulier. Il parlait en son propre nom, et non en celui de l'État.

— Si je vous ai convoqué ce matin avec autant d'empressement, c'est que je voulais, dans un premier temps, m'entretenir avec vous d'un sujet qui me préoccupe. Et même si aujourd'hui est un jour exceptionnel et que je me suis permis de prendre congé du pouvoir, je ne souhaite pas remettre à demain ce que j'ai à vous dire.

Le ton était devenu sérieux, et bien que le moine devinât parfaitement les pensées du monarque, il eut tout de même un doute quant à ce qu'il s'apprêtait à lui dire.

— Je vous écoute, Votre Majesté, lança le prieur pour inviter l'empereur à poursuivre.

— Vous avez probablement appris la merveilleuse nouvelle de ce matin qui, je le pense, est maintenant connue de toute la Russie ?

— Oui, bien entendu. Votre Majesté fait certainement référence à la naissance du *tsarevitch*. Je tiens à vous féliciter pour ce grand événement. Vous devez être un père heureux et un monarque comblé. C'est un grand jour.

— Comme vous dites… La naissance d'Alexis est un grand bonheur. Ma chère Alexandra et moi-même désespérions d'avoir enfin un fils… C'est, effectivement, un grand jour pour nous et pour la Russie. Nous sommes très heureux. Et, quelque part, vous n'êtes pas totalement étranger à ce bonheur… Sachez que nous vous en sommes reconnaissants.

Le moine, qui savait fort bien à quoi le tsar faisait allusion, se garda bien de le lui dire et afficha simplement une mine étonnée, à la limite de la naïveté.

Nicolas II scrutait son regard, l'air presque amusé.

— Ne faites pas l'innocent, voyons… Ne nous aviez-vous pas prédit, il y a quelques mois déjà, la naissance de ce fils ? La cour m'est témoin.

— Oui, oui, Votre Majesté. Il me semble qu'effectivement, j'avais annoncé à Sa Majesté l'Impératrice et à vous-même la venue prochaine d'un héritier.

— Eh bien, vous saurez, Raspoutine, que je ne suis pas un souverain ingrat et que je tiens mes promesses. Lors de notre première rencontre, après les funérailles de notre regretté Grigori, je vous avais dit que si votre présage se révélait exact, je vous offrirais ma confiance. C'est désormais chose faite. À partir de maintenant, vous devenez mon obligé et celui de ma chère Alexandra. Vous faites partie de nos amis et, à ce titre, je vous autorise à me dire le fond de votre pensée quand vous le jugerez nécessaire. Votre opinion sera toujours prise en compte. Vous ne retournerez plus à Kostroma. Votre place n'est pas dans ce monastère perdu, trop loin de la capitale. Vous habiterez le monastère

Alexandre-Nevski, qui vous conviendra parfaitement.

Raspoutine acquiesça d'un signe de tête, sans rien ajouter. L'annonce ne semblait aucunement l'étonner, comme s'il s'y était attendu… Ce fut du moins ce que pensa le tsar en le regardant.

« Mais, après tout, qu'y a-t-il de surprenant à cela ? Cet homme est un devin… Il connaissait déjà mes intentions ! »

— D'ailleurs, poursuivit Nicolas II, en tant que Grand Maître de la Confrérie des Loups veillant à la sécurité du trône, votre place est ici, à Saint-Pétersbourg, auprès de nous. Je n'ai, par ailleurs, jamais vraiment compris pourquoi la confrérie se terre si loin, alors qu'elle se devrait d'être là où le pouvoir se trouve, peu importe l'endroit, non ?

Mais le tsar n'attendait pas réellement de réponse à sa question qui était plutôt, en réalité, une constatation. Il ajouta aussitôt :

— Oui, oui, je sais, par souci pour la confidentialité de la confrérie… Mais je pense que vous devriez être l'ombre de la Couronne, c'est-à-dire ne jamais la quitter. Gregori prétendait que les gens se méfieraient de voir le prieur d'un lointain monastère aux côtés du trône et que leurs doutes engendreraient inévitablement des inquisitions. Pour lui, le secret ne devait jamais soulever le moindre soupçon quant à son existence. Bon, je le conçois tout à fait, mais quand on y songe, ceux qui connaissent l'existence de l'ordre ont prêté serment sur leur vie. Qui, alors, aurait envie de le trahir?

Le tsar demeura un instant silencieux, réfléchissant à ce qu'il venait de dire, tout en appuyant le haut de ses fesses sur son bureau, à demi assis.

— Mais vous, Raspoutine, qui êtes maintenant à la tête de la confrérie, le Grand Maître de cette communauté, ne pensez-vous pas que vous pouvez tout aussi bien veiller à sa sûreté à partir d'ici? Il me semble que ce serait plus simple, non?

— Je crois que la discrétion est la clef de voûte de la survie et de la préservation de notre ordre. Nous pouvons agir dans l'ombre, comme nous le faisons depuis toujours, même si nous nous trouvons à vos côtés. Quant à ma présence auprès de vous, tout le monde connaît la grande piété de la tsarine. Ainsi donc, quoi de plus normal qu'un moine se tienne aux alentours du trône!

— À la bonne heure! Voilà une réponse qui me plaît! Il en sera donc selon ma volonté!

Le moine acquiesça une nouvelle fois d'un simple signe de tête, en bon officier qui acceptait les ordres sans les discuter.

— Vous avez, je crois, un sénéchal* sur place?

— Oui, Arkadi Klimentinov.

— Est-il digne de confiance?

— Je le crois totalement dévoué à sa mission. C'est un homme intègre dont la foi est inébranlable.

C'était le fils adoptif de notre regretté Grand Maître Gregori ! précisa Raspoutine avec des nuances suaves dans la voix, comme un serpent qui distille son venin.

Nicolas II sembla se perdre un instant dans ses pensées, comme si la précision du moine réveillait en lui quelque douloureux souvenir.

— S'il a été élevé par Gregori, je suis, dans ce cas, persuadé que nous pouvons nous fier à lui. Voilà qui est parfait ! s'écria le tsar. Il gérera le monastère et ses activités à votre place, tandis que vous, vous commanderez la confrérie d'ici. Faites venir les gens qu'il vous faut pour vous seconder, ainsi il nous sera aisé de contrer ces petites rébellions qui cherchent à nous nuire. Nous frapperons plus rapidement et plus efficacement !

— Si telle est votre volonté, je m'exécute sur-le-champ. J'ai, cependant, Votre Majesté, une faveur à vous demander, prononça le moine en baissant les yeux en signe de retenue, comme s'il eut été timide.

Il n'en était rien, mais le prieur savait que, devant un empereur, la modestie est toujours de mise. L'aplomb d'un moine ne pouvait rivaliser avec l'ego d'un roi.

— Faites, faites, l'encouragea Nicolas II, en l'invitant d'un signe de la main.

— Je voudrais vous demander la permission de m'absenter pour quelques jours, le temps de régler une affaire…

Le tsar regarda un instant le prieur, comme s'il cherchait à deviner ses intentions. Mais son regard énigmatique soutint celui du monarque et, pendant une seconde, les deux hommes s'évaluèrent, le moine y mettant toute la retenue nécessaire. Nicolas II tentait de comprendre cet homme secret qui ne semblait jamais dévoiler totalement ses pensées profondes. Quiconque aurait ainsi demandé à l'empereur la permission de s'absenter pour un temps indéterminé lui aurait sur-le-champ fourni des explications. Mais Raspoutine n'en fit rien ; il se contentait de fixer Nicolas II, sans qu'aucune expression particulière ne vînt révéler ses intentions ni même ses sentiments. Cette attitude pour le moins surprenante éveillait chez le tsar tout un questionnement sur l'inaccessibilité de cet étrange personnage qui veillait pourtant sur sa sécurité personnelle. L'homme était déroutant.

— Étant donné que vous êtes entré dans les ordres depuis plusieurs années, je suppose qu'il ne s'agit plus là d'affaires de famille…

Nicolas II cherchait toujours à obtenir quelque réponse du religieux, mais celui-ci continuait de taire ses pensées.

— Est-ce en lien avec votre nomination et vos nouvelles fonctions ? demanda enfin l'empereur dans l'espoir que l'homme se livre un peu plus.

— Précisément, Votre Majesté, précisément !

— Hum, hum !

Le tsar passa son index et son pouce sur sa moustache comme pour la lisser. Un tic, le prieur l'avait déjà observé, qu'avait le monarque lorsqu'il était indécis.

Raspoutine avait, depuis le premier jour de leur rencontre, percé le tsar à jour. Il connaissait déjà ses moindres habitudes et ses doutes. Celui-ci était aussi limpide qu'une gemme. Et pour pénétrer les pensées de celui qui régnait en maître sur la Russie, il n'était pas nécessaire de posséder de don particulier ; une simple analyse de son comportement suffisait pour deviner et anticiper ses paroles et ses actes.

De son côté, Nicolas II détestait être ainsi mis devant un fait sans avoir de choix et sans avoir eu le temps de s'y préparer. Le moine, par son silence, obligeait l'empereur à lui donner son autorisation. Raspoutine le manipulait et le tsar, tout de même intuitif, le comprenait fort bien. Il était peut-être incertain parfois, mais il n'était pas idiot.

« Cet étrange homme, songea l'empereur, pourrait être une vraie menace pour qui ne se trouverait pas dans son camp ! Je plains celui qui le conteste et se place en travers de son chemin ! »

— Quand prévoyez-vous partir, et pour combien de temps ? s'enquit-il enfin.

— En début de semaine prochaine, mardi pour être exact. Je souhaite m'absenter quelques jours seulement. Tout au plus, une quinzaine.

— Et peut-on connaître votre destination ? hasarda Nicolas II, sans trop se faire d'illusions sur les dispositions du moine à lui répondre.

Raspoutine sentit ses lèvres s'étirer en un sourire, mais il chassa aussitôt cette moquerie naissante pour ne laisser paraître que son visage austère. Il ne devait pas montrer au monarque que sa question et son innocence l'amusaient beaucoup. Le tsar était le tsar, et à ce titre le Grand Maître ne pouvait se railler de lui. Rire de son roi était à coup sûr signer son arrêt de mort, peu importaient le titre ou la fonction occupée. Raspoutine avait beau être le Grand Maître de la Confrérie des Loups et posséder un pouvoir bien plus grand encore que celui de l'empereur de toutes les Russies, il n'en demeurait pas moins qu'il n'était qu'un humble serviteur au service de celui-ci. Il était le défenseur de Sa Majesté, non pas son adversaire.

Le prieur exécuta une légère flexion avant du torse, comme pour démontrer à Nicolas II qu'il comprenait très bien son intérêt pour sa destination.

— Ce n'est pas que je tienne à éluder votre question, mon maître, mais vous savez que les informations et les actions liées à la confrérie doivent demeurer clandestines. La discrétion dans laquelle nous accomplissons nos missions est la condition *sine qua non** de leur grande réussite. J'espère que vous ne m'en voudrez pas de maintenir mon départ secret ?

« Le gueux ! pensa Nicolas II. Que de mystères dans cet homme. Je me demande bien ce qu'en aurait pensé Gregori. »

— Eh bien, allez en paix, alors ! Je comprends que vos actes doivent demeurer inconnus, même de moi, et cela, pour mon propre intérêt, dit-il en plongeant ses yeux bleus dans ceux du moine. Mais revenez-nous rapidement… Nous ne pouvons plus nous passer de vous à la cour ! conclut le monarque dans un sourire, comme pour donner le change à son interlocuteur.

— Je ferai diligence, affirma le moine qui se courba légèrement, tout en plaçant sa longue main sur son cœur en signe de promesse.

— C'est excellent, c'est excellent, ajouta le tsar en opinant de la tête, mais l'air plutôt ennuyé de ne pas avoir obtenu les informations souhaitées.

Il se redressa subitement de la table de travail sur laquelle il s'était appuyé pour signifier clairement au moine que leur entretien était maintenant terminé.

— Très bien, voilà qui est fait. Avant votre départ, je tiens à vous rencontrer, avec mes autres conseillers auxquels je vous introduirai alors, pour discuter de certains dossiers. Vous ne partez que mardi, je vais donc d'ici là profiter à plein de vos compétences et de votre présence. Pour le moment, je vous laisse, car j'ai promis à mes duchesses* de les mener auprès de leur mère et de leur nouveau petit frère qu'il me tarde également de retrouver. Mais avant, prenez ceci, je vous l'offre. Lisez-le, vous me direz, demain, ce que vous en pensez !

Nicolas II tendit le livre de Lénine au moine.

Sans attendre, le tsar, guilleret*, sortit de son cabinet de travail, laissant derrière lui le prieur qui le regarda partir. Au fur et à mesure que Nicolas II s'éloignait, le sourire de Raspoutine s'agrandit et ses yeux bleus revêtirent les nuances de la victoire. Bien vite, un large sourire dévoila sans vergogne la joie qui animait ses pensées.

CHAPITRE 2

*Septembre 1904, 21 heures passées, dans une cave
anonyme du quartier ouvrier de Saint-Pétersbourg*

— On doit dire au tsar c'qu'on attend d'lui,
proposa la voix flûtée d'une femme à la carrure
imposante et au tablier crasseux.

— Et tu crois, malheureuse, qu'il va t'écouter.
« Veuillez entrer, très chère duchesse Nadia ! »

L'homme se leva pour effectuer une demi-
flexion du torse.

— « Mettez-vous à l'aise, vous êtes ici chez vous !
Souhaitez-vous une bonne tasse de thé avant que
nous n'entamions la discussion ? C'est une excellente
qualité que je fais venir d'une province de Chine… »,
se moqua l'homme d'un certain âge en éclatant de
rire, tandis que tout autour, les autres, une bonne
trentaine en tout, l'imitaient joyeusement.

La femme planta ses poings sur ses larges han-
ches, le regard courroucé et les lèvres pincées. Ses
joues, rondes mais flétries, se teintèrent de rouge.

— Non! s'écria-t-elle. Chuis pas aussi idiote que tu l'dis, Pavlov, j'compte pas à c'que l'tsar m'invite à prendre l'thé dans sa maison, mais j'pense que c't'un homme bon et qu'il acceptera d'nous voir.

— Qu't'es naïve, pôvre Nadia. Qu't'es naïve… L'tsar, nous rencontrer? Tu rêves, ma vieille! s'amusait encore le dénommé Pavlov en cherchant du regard le soutien des autres qui riaient moins. Y en a-ti d'autres qui pensent comme ma femme? demanda-t-il soudain en dévisageant quelques personnes du groupe, celles qui se trouvaient le plus près de lui. Qu'on devrait rencontrer l'tsar et lui dire c'qu'on a à dire et c'qu'on veut?

Au grand étonnement de l'homme, une majorité de doigts pointèrent vers le plafond bas de la cave sombre, aux fortes odeurs d'humidité et aux murs suintant malgré la chaleur extérieure.

Saint-Pétersbourg subissait très souvent des inondations, car la ville impériale, à cause de sa faible élévation, ne se trouvait pas assez haute par rapport au niveau de la mer. Les Pétersbourgeois s'accommodaient de cette réalité même si, parfois, les dégâts nécessitaient plus que quelques seaux pour évacuer l'eau. On parlait encore dans les foyers, lorsque la crue était trop importante, de ces pauvres victimes noyées par les flots, il y avait de cela quelques décennies maintenant.

— Ah ben! Faut croire qu't'as raison, la mère, dit-il en décochant un clin d'œil à son épouse, qui se tenait toujours debout près de lui.

La mine réjouie, les pommettes rosées, la large femme lui envoya une forte claque sur l'épaule en signe de contentement.

— J'pense ben que l'peuple, y raisonne comme toi… Bon, faudrait y voir maintenant à c'qu'on va y dire, au tsar. Faut mettre ça par écrit, ça fait plus appliqué. Pis on en parlera aux autres à la prochaine réunion.

— Et la prochaine fois, Lénine, y sera là? demanda la voix claire d'une autre femme qui participait à la rencontre.

— C'est c'qui m'a dit! Bon, commençons nos… euh, comment qu'y dit, l'pope*? demanda l'homme en s'adressant à sa compagne au tablier sale.

— Nos… attends que ça me r'vienne… Ah oui, nos re ven di-ca-tions!

— Tu l'as, la mère, nos re-ven-di-ca-tions. Faut d'abord s'entendre sur ça, les re-ven-di-ca-tions, c't'important qu'on soit tous d'accord!

Cette rencontre clandestine n'était pas la seule à avoir lieu; bien d'autres se déroulaient dans quelques repaires secrets, disséminés à travers la cité. Pour éviter d'attirer l'attention de la garde impériale, les réunions ne rassemblaient que de petits groupes isolés, dans des secteurs éloignés les uns des autres. Plusieurs cellules s'étaient formées aux quatre coins des villes, et la fréquence des rassemblements était rapidement passée de mensuelle à hebdomadaire. Le mécontentement du peuple grandissait et, avec lui, germaient de nouvelles attentes, presque toujours suivies de nouvelles déceptions. De cette réalité émergeaient, bien évidemment, des meneurs qui rassuraient ce peuple insatisfait en lui soumettant des idées, afin de mieux diriger leurs propres critiques. La population trouvait dans ces nouveaux rassembleurs l'écoute que la monarchie leur refusait.

Le pouvoir faisait la sourde oreille aux lamentations qui montaient des bas-fonds. Et le tsar, quelque peu insouciant, ignorait à quel point son peuple maugréait d'insatisfaction. Les trop nombreux rapports qui venaient s'empiler sur sa table de travail ne mentionnaient que quelques arrestations sans importance. Nicolas II ne savait rien de ces manifestations et petites révoltes que vivaient pourtant presque quotidiennement, ici et là, les Pétersbourgeois des quartiers éloignés. L'*Okhrana** réprimait ces soubresauts et ces spasmes de façon autoritaire et expéditive. Les prisons débordaient de révolutionnaires et de penseurs. La police politique secrète pratiquait son art avec fermeté et, pensait-elle, efficacité.

Mais à se croire incorruptible, on ne perçoit pas la friabilité de ses fondements.

Ces petites révoltes intestines n'étaient pas au cœur des priorités du tsar et de son entourage.

La guerre qui opposait la Russie au Japon* préoccupait davantage les esprits. Les choses n'allaient pas très bien non plus en Corée et en Mandchourie, et les attaques, tant terrestres que navales, étaient peu concluantes. Lorsque la Russie avait déclaré la guerre au Japon quelques mois plus tôt, le 8 février 1904, dans l'espoir d'obtenir un accès permanent à l'océan Pacifique, elle était loin de se douter que la force de frappe des Japonais serait aussi cinglante. La défaite était imminente.

Cette guerre, que les Russes n'avaient pas souhaitée, venait s'ajouter à la liste des reproches que le peuple adressait à son tsar. Ce dernier était, de toute évidence, bien mal conseillé.

Le regard plein de compassion pour son monarque si influençable, le ministre Serge Witte, opposé lui aussi à cette guerre, défendait Nicolas II du mieux qu'il le pouvait contre les rumeurs et les sarcasmes qui circulaient dans son dos. La réputation de l'empereur était plus entachée de jour en jour et cette situation en inquiétait quelques-uns, qui entrevoyaient déjà un avenir bien sombre pour la Russie.

Le nom du tsar et autocrate de toutes les Russies, Nicolas II, était maintenant passé de Nicolas le Pacifique à Nicolas le Sanguinaire. La plèbe n'aimait plus son souverain et elle commençait à le lui montrer.

D'autres récriminations venaient également ternir l'image du dirigeant, et les agitateurs, dans les soulèvements et dans cette grogne générale, percevaient les premiers pas vers une nouvelle ère. Enfin, le peuple exprimait haut et fort son mécontentement ! Il ne restait, pour ces quelques intellectuels qui rêvaient d'un monde meilleur sans monarchie, qu'à maintenir le feu allumé en l'alimentant soigneusement pour ne pas l'étouffer. Une page de l'histoire de la Russie était en train de s'écrire sous la plume habile de quelques penseurs révolutionnaires.

L'ombre se faufila entre les colonnes de maçonnerie tendues vers les cieux, formant une agora qui, elle, emprisonnait un parc. Le clos ressemblait à la célèbre place des Vosges* de Paris, tant par son architecture que par son aménagement qui offrait aux promeneurs des bancs de pierre, des arbres centenaires, des sculptures de marbre blanc et des vases imposants où s'épanouissaient des végétaux spectaculaires.

Située à quelques pas de la place des Palais, l'agora, très prisée par l'aristocratie durant la journée, devenait, une fois la nuit venue, un vaste espace désert, envahi de courants d'air et d'ombres inquiétantes. L'endroit, à la lumière du jour, était des plus agréables, la luminosité et les arbres en faisaient un lieu recherché des Pétersbourgeois, mais dès la nuit tombée, il prenait des airs sinistres, presque effrayants. Le vent s'infiltrant parmi les arches faisait entendre aux rares et courageux visiteurs qui osaient le traverser des hurlements que l'imaginaire avait rapidement mis sur le compte de quelques fantômes implorants et assurément vengeurs. La place devenait donc aussi déserte que les vastes plaines de la Sibérie septentrionale et représentait, de toute évidence, le lieu parfait pour les rencontres anonymes.

Pendant des secondes qui semblèrent s'éterniser, le temps se figea, même les feuilles des arbres cessèrent de s'agiter. Comme si l'espace et la notion du moment tels que nous les connaissons ralentissaient, s'étiraient. La nuit était calme, et pour renforcer cette impression de suspension du temps, le vent s'était tu. Jusqu'à ce que l'ombre reprenne enfin son cheminement lent et progressif, s'arrêtant par endroits, écoutant et repartant. Dans une lenteur extrême et dans un silence complet, la forme se mut avec agilité entre les arcades jusqu'à un renfoncement plongé dans la pénombre. Elle s'y engouffra, pour totalement disparaître.

— À qui appartient cette ombre ? demanda une voix spectrale qui semblait exsuder des murs de pierre de taille*.

— À une bête, répondit, sur un ton neutre, la silhouette qui s'était faufilée pendant de si longues minutes à travers la place.

— Et de quelle espèce est cette bête?

— De celle des Loups, répondit la voix aux intonations de jeunesse.

Aucune hésitation et aucune nervosité n'étaient perceptibles dans les réponses, comme si elles avaient été longuement préparées ou répétées.

— Et que désire ce Loup?

— Présenter ses hommages à son maître.

— Quels sont les mots qui prouvent son attachement envers lui?

— Obéissance, Dévotion et Discipline.

Un long silence s'ensuivit, durant lequel les deux ombres semblaient être retournées au néant. Comme si jamais elles ne s'étaient trouvées là. Ce fut alors que, de l'endroit où la voix spectrale s'était manifestée, une masse sombre se détacha pour venir se placer sous un mince et fragile rai de lumière, provenant d'une lanterne haut placée, en surplomb. Un fin contour se dessina autour de la masse évanescente. Dans la nuit, ses yeux émirent une lueur particulière, comme ceux d'un animal. Il émanait d'elle quelque chose de presque terrifiant.

— Quelles sont les nouvelles que tu m'apportes? demanda-t-elle sans autre préambule.

— On cherche à trancher l'une des têtes de Bicéphale*.

— De qui tiens-tu l'information? coupa aussitôt la voix caverneuse.

— Depuis plusieurs semaines maintenant, j'appartiens à un groupuscule que je suis parvenu à infiltrer. J'ai moi-même assisté à une discussion sur le sujet, maître.

Un court silence suivit cette déclaration.

— Où et quand?

— Dans trois jours exactement. Pendant la promenade matinale, lors de la séance d'équitation.

— Combien seront-ils?

— Douze, avec moi! L'attaque est prévue au retour de Bicéphale, avant qu'il n'enjambe le ponceau A-III.

À cause de l'obscurité ambiante, l'informateur ne pouvait distinguer son maître. Il sentait bien plus sa présence qu'il ne le voyait réellement. Pourtant, le supérieur acquiesçait au dire de celui qui s'était présenté comme étant un Loup, et celui-là le devinait parfaitement. Une intelligence semblait unir les deux hommes, ils se comprenaient dans leurs silences.

— Nous y serons. As-tu autre chose à me dire?

— Oui, maître, mais cela relève plus de l'avertissement que de faits concrets.

— Les avertissements sont les échos de maux plus profonds qui cherchent à se faire entendre. Je t'écoute.

— De plus en plus de menaces sont dirigées vers qui nous savons. Plusieurs meneurs alimentent les rumeurs et les griefs à son sujet. La grogne est omniprésente, tant chez les ouvriers que chez les intellectuels, et elle gagne en vigueur. Les rencontres sont de plus en plus régulières entre les mécontents, et leur discours, de plus en plus acerbe.

— Oui, je suis au courant, tu n'es pas le premier à me faire ce rapport. Mais nous ne pouvons modérer la clameur populaire, ce n'est pas notre rôle, comme ce n'est pas non plus notre tâche de dire à Bicéphale ce qu'il doit faire. Il est entouré de conseillers pour cela. Nous protégeons le pouvoir et celui qui en est investi, notre implication s'arrête là, nous n'intervenons pas dans la politique. Oui, je sens, moi aussi, la grogne se répandre dans les rues de Saint-Pétersbourg et au-delà, mais comme je viens de te le dire, cela ne relève pas de nos compétences.

Un profond silence suivit cette réponse, tandis que le hululement d'une hulotte s'élevait dans la nuit, comme si le rapace nocturne approuvait à sa façon les affirmations du maître.

— Continue tes observations et retrouve-moi ici à la date prévue pour me faire savoir si les choses évoluent. Pour samedi, nous agirons comme il se doit. Tu connais la marche à suivre?

— Oui, maître.

— Alors, bonne nuit!

Sans rien ajouter, l'ombre se fondit dans les ténèbres des ogives et des arches de l'agora pour se dissoudre complètement.

Ce ne fut que quelques secondes plus tard que celui à qui appartenait la voix caverneuse sortit à son tour de son repaire. À la lumière fugitive de la lune, que les nuages absorbaient dans leur mouvement, Raspoutine balaya de son regard de glace les environs avant de disparaître dans la nuit. La place retrouva ses allures lugubres et ses implorants hurlements.

Une vingtaine d'hommes se tenaient cachés dans les massifs qui agrémentaient le pont Alexandre III, dont le nom de code était A-III, qui franchissait en douceur la petite rivière sillonnant le domaine sur toute sa longueur. Leur immobilité n'avait d'égal que leur silence sépulcral. Il était impossible de deviner leur présence parmi les fourrés. S'ils étaient tout à fait invisibles, l'arrivée du tsar dans leur direction était, à leurs yeux, évidente.

À l'approche du pont, le cheval de Nicolas II refusa d'aller plus loin et se mit à piétiner le sol en hennissant. Le monarque, vêtu de sa tenue de cavalier, tenta de calmer l'animal qui cherchait à se cabrer. La monture, nerveuse, avait vraisemblablement senti quelque chose. Les chevaux détectent le danger de loin.

Les yeux bleus de l'empereur se firent plus méfiants et observateurs, et son regard fut attiré par quelque chose qui brillait sur le chemin gravillonné, à deux enjambées de l'accès au pont. Hésitant, il regarda attentivement autour de lui, l'oreille à l'écoute des bruits ambiants.

Fidèle à ses habitudes, il faisait sa promenade matinale en solitaire. C'était l'un de ses moments préférés de la journée, l'un des rares, en réalité, où il pouvait se retrouver en tête-à-tête avec lui-même. Un instant particulier durant lequel il pouvait faire le point et réfléchir, ou tout simplement apprécier sa solitude, loin des exigences et des tracas liés à son titre.

Sur ses gardes, il descendit de son cheval, la main droite près du corps, là où était dissimulé, dans une poche secrète, un petit pistolet qui pouvait tirer six coups et qu'il emportait avec lui lors de ses promenades, au cas où. Lentement, toujours en alerte, Nicolas II s'approcha de l'objet qui scintillait sur le sol. Ce fut seulement à sa hauteur qu'il découvrit qu'il s'agissait d'un couteau. Plus exactement d'une lame, puisque le manche était cassé. Il la ramassa, puis l'examina avec intérêt avant de regarder une nouvelle fois autour de lui, toujours plus intrigué.

Mais le parc était d'un calme plat. Seuls se faisaient entendre, au loin, les aboiements hystériques d'un chien et quelques gazouillis d'oiseaux. L'oreille aux aguets, il mit la lame dans le gousset de son gilet, puis remonta sur son cheval. Une nouvelle fois, il scruta les environs avant de se remettre en marche. L'étalon emprunta le petit pont de bois, que ses sabots frappèrent sourdement. Après l'avoir traversé, le tsar éperonna les flancs de l'animal qui partit aussitôt au galop.

Un homme habile comme un chat, entièrement vêtu de noir, sortit avec précaution d'un boisé d'arbustes d'une hauteur de deux mètres et dont les effluves embaumaient l'air, sans qu'aucune feuille n'en tombe. Son agilité était stupéfiante. Il regarda quelques instants le tsar s'éloigner avant de dire, presque dans un murmure :

— Bicéphale est loin.

Ce fut seulement alors que d'autres hommes sortirent de leur cachette, tous vêtus de noir de la tête aux pieds. Sans émettre le moindre commentaire, chacun débouchait sur la route, avec à sa suite un corps qu'il traînait, visiblement mort. Aucune tache de sang, aucune trace de bataille ne venait indiquer de quoi ces hommes étaient décédés, mais ils l'étaient bel et bien ! Dix gaillards, vêtus simplement, comme des ouvriers, se retrouvèrent allongés l'un à côté de l'autre, unis pour l'éternité. Tous étaient morts, sauf un qui gisait aux pieds d'un des Loups, inconscient. Celui-là serait éventuellement interrogé. Ce qui adviendrait de lui ensuite, seuls les Loups le savaient. Mais une chose était certaine: on ne revoyait jamais celui qui croisait le chemin d'un membre de la confrérie.

Ces dix cadavres étaient ceux des hommes décrits par l'espion quelques jours auparavant, ceux qui devaient s'en prendre à Bicéphale, c'est-à-dire au tsar. La frappe des Loups de la confrérie avait été aussi diligente qu'efficace. Jamais ces pauvres hommes n'avaient eu le temps de les voir venir, encore moins de les affronter. Les Loups s'étaient abattus sur eux avec la rapidité et la promptitude caractéristiques des membres de leur confrérie et indispensables à l'accomplissement de leur mission. Le tout sans que même une seule feuille se détache d'une branche et touche le sol.

Raspoutine s'approcha du guetteur pour vérifier ses dires; le tsar n'était plus qu'un point sur l'horizon. L'attentat contre sa personne avait échoué et les Loups avaient encore une fois fait leur devoir. Nicolas II n'en saurait probablement rien, comme c'était bien souvent le cas, mais l'incident serait tout de même soigneusement consigné dans les annales de la confrérie. Leur responsabilité était de veiller à sa sécurité, non de remettre des rapports. Ça, c'était le rôle de sa police et de sa garde. Eux agissaient dans le secret, car ils étaient l'ombre de la Couronne. Ils n'appartenaient pas à la bureaucratie ni même à l'empereur lui-même, mais au pouvoir suprême. Une troupe externe et indépendante qui assurait en permanence l'équilibre entre les forces de ce monde.

Le Grand Maître opina de la tête avant de faire signe à ses hommes de débarrasser les lieux.

Les semaines qui suivirent la naissance du *tsarevitch* Alexis furent ponctuées de festivités sur tout le territoire de la Russie. Le baptême de l'enfant fut célébré en grande pompe à la cathédrale, et plusieurs dignitaires venus de partout dans le monde assistèrent aux réjouissances. Tout semblait sourire à la famille royale, malgré les tensions de plus en plus manifestes qui agitaient les faubourgs de la ville. La garde impériale et la police avaient beaucoup à faire pour tenter de démanteler les réseaux clandestins, qui proliféraient de manière excessive et qui prônaient rien de moins que la révolution. Les Loups, eux, demeuraient aux aguets, surveillant de près et de loin l'image du pouvoir, c'est-à-dire le tsar. La confrérie ne se mêlait pas directement de politique, ni de la dissolution des groupuscules, de ces agitateurs qui foisonnaient dans les grandes villes et même dans les campagnes. Cela ne faisait pas partie de ses fonctions et, d'ailleurs, elle n'en avait pas l'autorité. Ses démarches étaient plus discrètes.

Elle infiltrait les différents réseaux uniquement dans le but de repérer tout projet d'attentat orienté vers la personne même de Nicolas II. Les Loups n'intervenaient pas à d'autres niveaux.

Quelques mois plus tard, l'effervescence de l'arrivée de l'enfant s'estompa avec la découverte du mal incurable dont l'héritier du trône était atteint : le *tsarevitch* souffrait d'hémophilie*. L'annonce fut foudroyante pour la famille royale et pour ceux qui orbitaient tout autour. Cette nouvelle frappa les esprits, et plusieurs virent dans ce destin tragique les signes évidents d'une disgrâce divine : les Romanov étaient maudits !

À partir de ce jour, la tsarine Alexandra Fedorovna Romanova sombra dans une profonde dépression, pour lentement s'abîmer dans une piété démesurée. La femme souffrait elle aussi d'un mal incurable et bien plus sournois : le remords. Car c'était par elle que le jeune garçon avait contracté sa maladie. Cette tare frappait tous les mâles de l'ascendance allemande de la tsarine et leur était transmise par les femmes.

Désormais proche de la famille royale, le prieur Raspoutine se présenta en confident et ami fidèle à cette mère éplorée. Le soutien moral qu'il apporta à la femme accentua son influence sur le couple impérial. Mais cette croissante estime des Romanov pour Raspoutine contribua également à alimenter les ragots et le mécontentement général.

CHAPITRE 3

Le jeune Viktor fixait très attentivement le petit rat des champs qu'il avait mis dans un vieux tiroir, récupéré dans un débarras. À l'intérieur du caisson de bois, le garçon avait tracé à la craie des lignes horizontales et verticales pour former un quadrillé. Dans une des cases, en haut à droite, il avait tracé un X. Le surmulot, immobile, se trouvait au beau milieu du compartiment. Son petit museau humide s'agitait avec frénésie et ses grands yeux noirs en alerte détaillaient les alentours. Viktor continuait de le fixer avec toute la concentration dont il était capable. Son front se plissa de volonté lorsque l'animal se mit enfin à bouger.

Mais le muridé, peu soucieux de répondre aux intentions du gamin, se mit à trotter de gauche à droite, de façon tout à fait aléatoire. Par deux fois, il passa sur la marque sans jamais s'y arrêter, même le temps d'un frétillement de vibrisses. Viktor fronça les sourcils en découvrant que l'animal n'obéissait pas à ses ordres et n'en faisait qu'à sa tête.

Il poussa un profond soupir et attrapa la petite bête dans ses mains.

— Pourquoi ne fais-tu pas ce que j'attends de toi ? Je t'ai pourtant bien nourri, tu es logé et en sécurité ici, et voilà que tu refuses de m'aider. Tu es un rat des champs ingrat, bien que mignon. Tant pis, nous reprendrons l'exercice demain. Je finirai bien par y arriver.

Le gamin caressa de son index et de son majeur le poil brun-grisâtre de l'animal, avant de le déposer dans un coffret de bois qu'il avait soigneusement aménagé pour son petit compagnon. L'intérieur était garni d'une toile de coton et d'un vieux col de fourrure miteux qu'il avait récupérés dans un coffre, dans l'immense et inquiétant grenier du monastère. Sur les côtés, Viktor avait percé quelques trous pour que son hôte puisse respirer. Il le nourrissait tous les jours et passait, dès que c'était possible, ses temps libres avec lui, principalement lorsque la nuit était tombée et que tout le monde était couché. Une seule autre personne était au courant de l'existence du mulot, son amie Sofia.

La fillette, du même âge que lui, poursuivait elle aussi son apprentissage pour devenir une Louve. Les deux enfants étaient toujours ensemble. Quand Viktor ne pouvait s'occuper de son animal, c'était Sofia qui le faisait.

Le dortoir des Jeunes Loups se situait dans l'aile est du monastère, pas très loin des cellules des Chefs de meute. Il fallait donc qu'ils se montrent très prudents avec leur petit rat des champs s'ils ne voulaient pas se le faire confisquer, car les animaux de compagnie étaient interdits au prieuré. Arkadi leur avait expliqué qu'il était impossible d'admettre des animaux dans le monastère, car, si tout le monde devait posséder un compagnon à quatre pattes, les lieux ressembleraient bien vite à l'Arche de Noé ! Devant le regard implorant de son fils adoptif et de la gamine, le sénéchal avait ajouté, sur un ton plus ferme, que la confrérie avait d'autres ambitions que celle de faire l'élevage d'animaux. Ils devaient tous les deux se concentrer sur leurs études au lieu de perdre un temps précieux avec ce genre de balivernes. Viktor et Sofia devaient s'enlever cette idée de la tête et canaliser leurs pensées et leurs énergies sur leur apprentissage. Arkadi avait été très clair à ce sujet.

Viktor avait bien saisi les objections du sénéchal, mais, dans son esprit d'enfant de près de quatre ans, il ne pouvait totalement les comprendre, et surtout pas les accepter. Son rat des champs était si mignon… C'était donc dans une discrétion absolue que Sofia et lui veillaient au bien-être de leur petit camarade. Les deux enfants pensaient que leur secret était bien protégé. Il arrivait même au gamin de glisser l'animal dans la poche de son pantalon et de l'emmener à ses cours. L'idée d'avoir son petit compagnon sur lui, alors que les autres n'en savaient rien, l'amusait beaucoup, même si Sofia le mettait en garde sur les conséquences dramatiques que cela engendrerait s'il était découvert. Viktor ne semblait pas s'en préoccuper outre mesure, mais cela n'avait rien de bien surprenant. Malgré son âge, la force de caractère de ce Jeune Loup était toujours aussi étonnante. L'enfant possédait, dans certains domaines, une maturité exceptionnelle.

D'ailleurs, les capacités physiques et intellectuelles de Viktor se développaient à grande vitesse sous les yeux admiratifs de son père adoptif, et au grand étonnement des autres Chefs de meute. Viktor n'était pas un enfant comme les autres, c'était évident. Arkadi l'avait deviné dès l'instant où il l'avait tenu dans ses bras, et son instinct ne l'avait pas trompé. Depuis, les aptitudes de l'enfant ne faisaient que renforcer son opinion : un destin exceptionnel attendait Viktor.

Pour le gamin, les choses n'allaient jamais assez vite. Ses facultés d'apprentissage étaient prodigieuses. Il était nettement en avance sur ses jeunes camarades. Tandis que les autres commençaient à peine à développer leur concentration, Viktor pouvait passer plusieurs heures de suite sans bouger, dans un profond recueillement.

Le Jeune Loup tentait déjà — mais personne n'était au courant — de commander à son mulot par la seule force de son esprit. Il avait vu Arkadi le faire lors d'une intervention. Son père adoptif avait contrôlé la pensée d'un cheval qui venait de se faire piquer dans l'oreille par une abeille. La pauvre bête foulait rageusement le sol de ses pattes et se cabrait, paniquée, risquant à chaque ruade d'atteindre quelqu'un ou encore de se blesser. Le palefrenier, incapable de s'approcher de l'animal en furie, avait aussitôt appelé le sénéchal.

Arkadi était arrivé à l'écurie en courant, suivi de près par Viktor. Il avait alors intimé à l'enfant, d'une voix ferme et autoritaire, de demeurer à l'écart. Grimpé sur une caisse de bois, ce fut à travers une des fenêtres donnant sur les stalles que le petit garçon avait assisté à la scène, malgré les ordres du sénéchal.

Il avait d'abord vu son père adoptif s'approcher de l'animal d'un pas sûr et déterminé. Il dégageait une grande maîtrise et le gamin n'en fut que plus impressionné. La bête, agitée, piaffait en soufflant bruyamment par ses naseaux. Ce fut alors qu'Arkadi leva la main à la hauteur des grands yeux noirs de l'animal afin de capter son attention. Une fois le regard du cheval retenu, il ne se passa que quelques secondes avant que la bête ne baisse la tête et se calme, résignée et sereine.

Le changement avait été immédiat ; le cheval était passé en moins d'une minute du comportement d'une bête sauvage à celui d'un agneau. Arkadi avait alors caressé la robe café au lait du tarpan*, tout en lui murmurant quelques mots à l'oreille, puis lui avait passé un harnais avant de tendre la bride au palefrenier, encore apeuré, mais admiratif.

Totalement fasciné par ce qu'il venait de voir, Viktor avait alors croisé le regard réprobateur de son protecteur. Conscient d'avoir désobéi à son père adoptif, le gamin avait senti monter en lui une certaine anxiété. Mais, à son grand étonnement, Arkadi, après l'avoir considéré un instant, lui avait décoché un clin d'œil. Le sénéchal n'était pas fâché.

Plus tard, lorsque Viktor repenserait à cette scène, il comprendrait qu'Arkadi avait alors décelé chez lui cette puissance de pénétration des esprits. Une aptitude rare que ne possédaient que quelques Loups, puisqu'elle ne se dévoilait qu'à certains d'entre eux. Cette qualité était, selon les principes de la confrérie, la marque d'une intelligence supérieure.

Les astres ne désignaient pas n'importe qui pour vivre cette destinée qui leur était échue dès la naissance et, parmi les élus, très peu se voyaient gratifiés de cette acuité exceptionnelle.

À partir de cet instant précis, qui remontait maintenant à quelques semaines déjà, le Jeune Loup n'eut de cesse de développer son esprit tout autant que ses autres capacités, comprenant que l'incroyable faculté que possédait son père ne dépendait que de cet entraînement. Viktor désirait plus que tout avoir ce don unique de maîtriser les animaux, comme Arkadi. Sans jamais en parler à quiconque, pas même à Sofia, le gamin s'interrogeait également sur les autres Chefs de meute : possédaient-ils eux aussi ce don ?

Sans en avoir l'entière certitude, Viktor avait le pressentiment qu'il en avait les dispositions. Le seul problème que le garçon entrevoyait dans l'acquisition complète de cette aptitude résidait dans le fait qu'il ne savait pas encore comment canaliser sa pensée et ses énergies. Naïvement et à cause de son jeune âge, l'enfant ignorait que ce don exceptionnel allait s'accroître au fil des ans et des expériences, puisque cette capacité se trouvait déjà en lui. La graine était semée, elle continuerait de croître naturellement.

Le gamin referma doucement la boîte sur son petit protégé avant de la glisser sous son lit, derrière un coffre de bois contenant ses affaires personnelles et ses vêtements. Il jeta un œil par la fenêtre. La lune était levée depuis longtemps maintenant et les respirations profondes de ses camarades lui confirmaient qu'il était temps qu'il se couche. Malgré sa fatigue, son esprit vagabonda encore un bon moment sur ces choses incroyables qu'il découvrait chaque jour. Il sourit à l'astre opalescent, comme pour lui dire bonne nuit, avant de se tourner sur le côté et de s'endormir.

Salle d'armes du monastère Ipatiev,
automne 1904

Le départ de Raspoutine, quelques mois auparavant, avait entraîné, au monastère Ipatiev, une vie tranquille sans trop de heurts ni d'événements inattendus. Une vie basée sur la routine où chacun s'occupait de ses tâches, comme dans tout monastère digne de ce nom. De l'extérieur, le cloître ressemblait à l'un de ces lieux de retraite et de prière dans lesquels la vie s'écoule avec lenteur et calme. Bien entendu, les paysans et les habitants des villages voisins s'interrogeaient sur les raisons de la présence des quelques femmes qui y vivaient. Mais la plupart, le sourire aux lèvres, finissaient par conclure entre eux : « Les voies de Dieu sont impénétrables ! »

Le monastère employait des servantes et à cela, personne ne trouvait rien à redire. Mais ces quelques autres femmes que l'on voyait chevaucher à travers les champs, celles qui s'habillaient et chassaient comme des hommes, donnaient lieu à bien des commérages. De toute évidence, ces femmes n'étaient pas des religieuses, mais personne ne pouvait, raisonnablement, expliquer leur présence. Elles étaient une bonne vingtaine, et jamais elles ne se mêlaient à la vie des paysans, jamais elles ne côtoyaient les autres femmes, et cela venait, bien évidemment, alimenter les rumeurs et les médisances à leur sujet.

En général, la plupart des habitants de la région trouvaient plutôt étranges tous les agissements liés aux habitudes de vie de ce lieu saint, mais étant donné que l'abbaye employait, protégeait et faisait vivre plusieurs fermiers, boulangers, éleveurs et autres artisans du coin, on gardait pour soi ses commentaires.

De plus, le prieuré Ipatiev était également le lieu de prédilection des tsars pour leurs pèlerinages religieux depuis Mikhaïl Romanov et, à ce titre, les villageois se soumettaient au choix impérial. Si l'endroit était assez bien pour un empereur, qui étaient-ils, eux, simples mortels, pour en juger ? En général, les discussions se terminaient toujours sur cette conclusion : ce qui se déroulait à l'intérieur de ces murs ne concernait que ceux qui y vivaient.

Arkadi Klimentinov, à titre de sénéchal du monastère, se révélait excellent dans son rôle. Il voyait à l'entraînement des Loups et à la bonne marche du prieuré, commandait les serviteurs et les résidants du monastère avec une grande aise, comme s'il avait fait cela toute sa vie. Son efficacité transpirait au-delà des murs de l'abbaye.

Les habitants de Kostroma appréciaient ce remplaçant presque permanent du véritable prieur, Raspoutine. En vérité, le supérieur de l'abbaye leur était totalement inconnu puisque, sitôt nommé, ce dernier avait quitté la quiétude du monastère pour le faste de la ville impériale. La rumeur courait que c'était le tsar lui-même qui avait supplié le prieur de demeurer à ses côtés, mais un autre bruit se répandait également : cet homme étrange venu de Sibérie aurait jeté un sort à l'empereur et à sa femme. Quoi qu'il en fût, très peu pouvaient expliquer les raisons de son départ.

Mais l'absence de Raspoutine ne semblait pas affliger grand monde, car celui qui le remplaçait faisait très bien son travail. Une autorité naturelle se dégageait d'Arkadi, il imposait le respect sans avoir à sanctionner. On le respectait parce que lui-même estimait les autres. À l'intérieur même de la confrérie, plusieurs murmuraient qu'il aurait fait un bien meilleur Grand Maître que ce moine qui préférait demeurer dans la capitale impériale à jouer les précieux à la cour plutôt que de revenir au prieuré.

Ce n'était pas dans les fonctions du magistère de bénéficier des largesses du tsar et de profiter d'un cercle qui n'était pas le sien. Les Loups ne devaient pas se conduire comme tout le monde, ils appartenaient à un clan à part. S'afficher ainsi aux yeux de tous représentait, murmurait-on dans les couloirs du monastère, une menace pour la confrérie. On viendrait bien à découvrir que Raspoutine n'était pas que le simple prieur d'un lointain monastère situé quelque part à Kostroma, mais que, sous cette couverture, se cachait la fonction plus importante de Grand Maître d'une société que l'on qualifierait alors, sans se tromper, de secrète.

Le comportement du moine était contesté, et jamais dans les annales de la confrérie cela ne s'était produit auparavant. On remettait même en question sa désignation. Après tout, personne ne connaissait de longue date cet homme avant que sa candidature n'eût été déposée. Les rumeurs qui circulaient entre les murs de l'abbaye véhiculaient des échos de sortilèges et d'occultisme.

Cet homme n'avait pas l'étoffe d'un Grand Maître, comme le regretté Gregori l'avait eue. L'ancien prieur avait su mener la confrérie d'une main de fer à travers les tempêtes qui avaient tant de fois secoué le pouvoir. Ses réussites étaient encore intactes dans les mémoires. Bref, les mauvaises langues allaient bon train et profitaient de l'absence du Grand Maître pour se délier.

— Dis-moi, Arkadi, que penses-tu de cette décision de Raspoutine de demeurer à Saint-Pétersbourg? demanda Ekaterina d'une voix féline.

— Je n'en pense rien! dit-il en parant le coup de la femme avant de riposter.

Ekaterina recula rapidement de deux pas, puis contre-attaqua. Le bouton de son épée passa à quelques centimètres de l'épaule de son compagnon. Elle le gratifia d'un sourire rempli de malice, avant d'esquiver sa nouvelle offensive.

— Allons, pas à moi, ta vieille amie, ta demi-sœur! enchaîna-t-elle, tandis que le cliquetis des lames ponctuait leur conversation.

— Demi-sœur? s'esclaffa le Loup avec un demi-sourire. Mais tu n'es pas ma demi-sœur… Nous ne sommes pas du même sang. Ton père m'a adopté, certes, mais c'est le seul lien de famille qui nous unit!

— On ne va pas jouer sur les mots… Tu es tout de même, à mes yeux, mon frère.

— Ce n'est pas ce que tu disais quand nous étions plus jeunes, se moqua le sénéchal, tout en frappant d'un coup sec, de son bras armé, la lame de la fille de Gregori.

Agile comme un chat, Ekaterina esquiva la parade une nouvelle fois.

— Joli coup, mais trop de mollesse dans le poignet, l'angle est trop intérieur, lança-t-elle, non sans moquerie.

Ekaterina était une excellente épéiste. Depuis leur enfance, Arkadi et elle s'affrontaient régulièrement. L'escrime était devenue pour eux une façon d'aborder la conversation et de régler leurs conflits.

Leurs duels s'éternisaient parfois et, très souvent, les autres Loups assistaient à leurs combats mémorables. La force de leurs attaques exprimait alors la profondeur de leurs désaccords, et il n'était pas rare qu'à l'insu des bretteurs*, les occupants du monastère prennent des paris sur l'issue de la joute.

— Oooh ! Et puis, ne change pas de sujet, je te vois venir. Tu cherches à m'éloigner en lançant un autre débat. Tu évites de répondre. Allez, dis-moi, tu sais bien que nous pouvons tout nous dire ! Je te connais si bien…

— Mais que veux-tu que je te dise ? D'après son message, c'est le tsar qui a personnellement insisté pour qu'il reste à ses côtés.

— Et tu le crois ?

— Tu sais, Ekaterina, j'ai beaucoup de raisons de douter de cet homme, mais pas cette fois ! Oui, je suis certain que Nicolas II a demandé à Raspoutine de rester à Saint-Pétersbourg. Ses motivations ? Je ne les connais pas. Mais je peux te dire que le moine a certainement œuvré dans cette voie. Je sais, comme tout le monde, que Raspoutine marque des points auprès de la haute société avec ses prédictions. C'est là un excellent moyen de s'infiltrer dans les coulisses du pouvoir. Cet homme cherche, du moins je le suppose, à gagner les faveurs de l'empereur…

Leurs armes se croisèrent. Les lames glissèrent l'une contre l'autre, tandis que leurs regards s'affrontaient sans animosité. Arkadi exécuta une parade, alors que son bras, à demi tendu, portait son coup. C'était, aimait-il à penser, sa botte secrète. Et bien que la Louve commençât à bien la connaître, elle n'en disait rien. Il appuya la lame de son fleuret sur le torse de la jeune femme, essoufflée. Ekaterina plissa ses magnifiques yeux verts, un léger sourire se dessinant aux commissures de ses lèvres charnues, avant de faire tournoyer son épée. La lame de la femme fit un grand mouvement circulaire, dégageant ainsi le bras d'Arkadi, avant de venir se poser sur la gorge du sénéchal. Ekaterina souriait.

Arkadi ne termina pas sa phrase. La fille de Gregori, triomphante, s'apprêtait à crier victoire lorsqu'un jeune garçon vêtu d'un nankin* de couleur écrue, ceint d'une bande de cuir à la taille, et d'un large pantalon fit son entrée. Il regarda les deux adversaires, incertain d'arriver au bon moment, avant de se décider à remettre un message cacheté au sénéchal. Le Loup s'en saisit aussitôt pour en parcourir les quelques lignes, trop heureux d'échapper aux sarcasmes muets de sa compagne.

Son front se plissa.

— Ça ne va pas? demanda la Louve en replaçant une mèche de ses cheveux rebelles.

Elle prit le fleuret des mains de son compagnon pour le reposer sur le support. Le duel était terminé. Arkadi ne répondit pas tout de suite. Ce petit temps mort confirma à la jeune femme que son ami avait certainement reçu une mauvaise nouvelle. Elle brûlait d'envie de lui demander de quoi il retournait exactement, mais elle jugea qu'il était préférable que cela vienne de lui. À sa grande déception, Arkadi replia le message avant de le glisser dans son gilet de cuir.

— Non, ce n'est rien, ne t'inquiète pas… Quelques petites choses à régler. Merci pour ce duel, Ekaterina, c'est toujours un plaisir, conclut-il en la saluant d'une légère flexion du torse, avant de s'éloigner rapidement.

Ekaterina le regarda partir, songeuse. Celui qu'elle appelait son demi-frère lui cachait des choses depuis un moment déjà. Elle le sentait bien. Elle devinait que l'accession de Raspoutine au titre de Grand Maître, la mort de son père et celle d'Iakov étaient liées aux tourments intérieurs de son ami. Elle ignorait pourquoi, mais depuis ces événements, elle ne parvenait plus à pénétrer les pensées du sénéchal. Arkadi se fermait à elle, et elle se demandait quelle pouvait en être la raison.

Était-ce pour la protéger qu'il gardait pour lui ses pensées et ses inquiétudes? Mais avait-elle besoin d'être protégée? se demandait-elle. Et si oui, de quoi et de qui?

Elle replaça encore une fois la mèche rebelle qui retombait sans cesse devant ses yeux. La femme songea qu'elle devait tenter de découvrir ce qui se tramait. Elle saisissait parfaitement que le silence d'Arkadi cachait bien des choses, et l'idée d'en être exclue l'agaçait singulièrement.

Arkadi referma lentement la porte derrière lui. Ce fut dans sa cellule qu'il alla trouver refuge. En tant que sénéchal, nulle part ailleurs dans le monastère il n'aurait trouvé la paix qu'il cherchait.

Il était songeur. Son front se barrait maintenant d'une ride et l'apparition de cette fronce était directement liée, il le savait, à tout ce qu'il avait vécu depuis la mort de son regretté et tant aimé père adoptif, Gregori. Il n'en parlait jamais, surtout pas à Ekaterina, mais la mort du vieux sage l'affectait encore, cette mort qui n'avait rien de naturel, comme celle de ce cher Iakov.

Il glissa sa main dans son gilet de cuir pour en extraire le message qu'il avait reçu quelques instants auparavant. Il le fixa attentivement, comme s'il cherchait à en deviner la provenance. Son contenu lui paraissait obscur. Arkadi le déplia une nouvelle fois pour le relire.

Cher frère,

Vous ignorez qui je suis, et pourtant vous devez tenir compte des avertissements contenus dans ce pli. Je peux vous assurer de ma loyauté envers notre cause et, à ce titre, vous devez me faire confiance, c'est impératif !

— Il s'agit donc d'un Loup, puisqu'il fait référence à notre cause, murmura pour lui-même le sénéchal avant de poursuivre sa lecture.

Raspoutine vient de quitter Saint-Pétersbourg en direction des Hautes Tatras*, dans les Carpates*, où il désire rencontrer les Piliers* de l'Arcane. En tant que fils adoptif et spirituel de Gregori, vous devez, je n'en doute pas, connaître l'existence de ces entités, sinon c'est que je me suis lourdement trompé sur votre compte et sur les espoirs de l'ancien Grand Maître. Je poursuis donc ma lettre, confiant que vous savez de quoi je parle.

Sa volonté de les rencontrer n'est certes pas habituelle, mais il semble que sa demande ait été acceptée. Vous devez, cher frère, découvrir quelles sont les intentions de Raspoutine avant qu'il ne soit trop tard, car le simple fait qu'il sollicite une telle audience démontre bien qu'il concocte quelque projet inconnu à notre société. Dans toute l'histoire de la Confrérie des Loups, depuis sa création, jamais personne n'a exigé d'être reçu auprès des Piliers de l'Arcane ; la requête vient habituellement d'eux. Leur existence n'est connue que de très peu de gens, comme vous le savez, et j'ai l'honneur d'en faire partie, tout comme vous, cher frère. Même Nicolas II ignore tout d'eux. En réalité, il ne soupçonne même pas leur présence. Si je vous fais part de cette nouvelle, c'est que je sais, *ne me demandez pas comment, que l'on vous destine un présent extraordinaire et inestimable dont on vous dévoilera très bientôt la teneur. C'est pour cette raison que je tiens à vous mettre en garde. Lorsque le moine découvrira que vous possédez cette chose qu'il convoite depuis bien longtemps, il tentera tout naturellement de vous éliminer. Raspoutine est parti à la recherche de ce « présent », et son audience auprès des Piliers de l'Arcane n'est pas une simple coïncidence. Méfiez-vous de lui, cher frère, mais je crois que vous savez déjà que cet homme est dangereux. Vous avez vu de quoi il est capable, n'en avez-vous pas payé le prix ? Je vous assure de ma loyauté. Veuillez accepter mon amitié et mon aide. Un jour viendra où je me présenterai à vous, ainsi nous nous reconnaîtrons. Soyez sur vos gardes et préservez la sécurité d'Ekaterina et de Viktor.*

Un ami qui vous veut du bien.

Arkadi détacha ses yeux foncés et si profonds de la lettre et, pendant un instant, il demeura là, immobile, debout au beau milieu de son appartement confortable, mais humblement meublé.

Il ne comprenait pas totalement ce qu'il venait de lire, mais il savait, il sentait, que ce pli avait été écrit par quelqu'un de franc.

Les Piliers de l'Arcane, il se souvenait fort bien de quoi il s'agissait. Gregori lui en avait plusieurs fois parlé sous le couvert du secret absolu. Mais jamais il n'avait imaginé que cette entité prendrait un jour cet aspect mystérieux cerné d'obscurité et d'intrigues. Cet « ami », il le sentait à l'énergie de sa lettre, lui voulait assurément du bien. Mais dans quel but, exactement ? Pourquoi ne dévoilait-il pas son identité ? L'affaire était complexe, il le devinait. Et quel était ce présent extraordinaire auquel il faisait référence ? Gregori ne lui avait jamais légué ni donné de bien précieux. Son héritage n'avait rien de matériel. Que pouvait bien chercher le moine, avec tant d'avidité qu'il lui fallût éliminer ceux qui se mettaient en travers de son chemin ? La confrérie possédait, certes, bien des richesses, mais Arkadi ne voyait rien là-dedans justifiant de tels actes. De toute façon, elles ne lui apparte-naient pas.

Sans cesser de réfléchir à ce message étrange, le sénéchal s'avança vers la cheminée où quelques braises mourantes irradiaient de leur incandes-cence l'âtre de pierre. Il froissa le pli pour en faire un boudin avant d'en approcher l'extrémité d'un tison qui chatoyait encore. Une légère fumée grisâtre s'éleva, puis la flamme grignota timidement la lettre avant de l'embraser. Il pencha légèrement sa torche pour attiser la conquête du feu sur le papier.

L'une des premières règles de sécurité que les Loups apprenaient était de ne jamais laisser de pistes derrière eux ni d'indices concernant leurs intentions. Et bien que le Loup ne comprît pas tout à fait à quoi faisait référence cette lettre anonyme, il devinait bien dans ses lignes que l'avertissement était sérieux. Lorsque le pli ne fut plus qu'un tas de cendres, le sénéchal attisa les braises avant d'y déposer une nouvelle bûche. La nuit s'annonçait fraîche ; l'automne laissait déjà entrevoir la froidure de l'hiver.

CHAPITRE 4

Le prince Felix Youssoupoff* referma lentement le maigre dossier que lui avait remis Fiodor, son secrétaire, qui se tenait juste à sa droite. Il porta ses yeux noisette vers Andreïev, son homme de main qui, lui, attendait debout de l'autre côté de l'élégant bureau en acajou de style baroque. Son regard était absent, comme s'il réfléchissait à ce qu'il venait de lire.

— C'est tout ? dit-il enfin sur un ton consterné. C'est tout ce que vous avez pu réunir sur cet homme ?

— Oui, Votre Majesté. Je me suis rendu jusqu'à Pokrovskoïe, en Sibérie, où j'ai débuté mon enquête. Mais je n'ai rien découvert que nous ne sachions déjà. Si ce n'est cette jeune femme qui se prétend mariée à Raspoutine, dit-il en désignant de la main le dossier que le prince avait reposé sur le bureau, comme pour confirmer ses dires

— Oui, c'est ce que je viens de lire dans ton rapport… Comme ça, notre bougre est marié, petit détail qu'il a oublié de mentionner lorsqu'il est entré dans les ordres ! Je ne comprends pas… Pourquoi taire cette information ? Après tout, nos prêtres sont autorisés à être mariés !

— Je l'ignore, mais la pauvre femme serait sans nouvelles de lui depuis des années. Elle désespère même d'en obtenir. Il n'est pas au courant qu'elle a mis au monde leur enfant, une fille, morte quelque temps après sa naissance. Évidemment, elle ignore que son mari est maintenant prieur du monastère Ipatiev, et je me suis bien gardé de lui en faire part. Je ne suis pas messager !

— Oui, tu as bien fait. Si la dame dit vrai, ce dont je ne doute pas, car aucune femme n'irait se vanter d'avoir épousé un tel individu, je trouve très étrange que Raspoutine ne lui donne aucune nouvelle, ni à sa propre famille, prononça le prince en jouant distraitement avec un coupe-papier en or. Il cache bien des choses, cet homme…

— Peut-être désire-t-il simplement se couper de son ancienne vie, et ne souhaite-t-il pas que sa nomination soit connue de ces gens qui appartiennent au passé, proposa le secrétaire du prince.

— Assurément, assurément… Mais pourquoi ? Pourquoi cherche-t-il à occulter ce pan de son histoire ? S'il voulait changer de vie, pourquoi n'a-t-il pas divorcé de cette femme avant de poursuivre son chemin dans les ordres? Il n'y aurait pas eu là de sacrilège...

Le prince demeura songeur un moment, jusqu'à ce que son homme de main lui demande:

— Dois-je pousser plus loin mes recherches?

Le prince Youssoupoff opinait de la tête, l'air toujours absent.

— Oui, dit-il finalement. Et cette fois, tu vas te rendre en Grèce, au mont Athos, dans le monastère Saint-Panteleimon. Notre homme y est resté longtemps pour acquérir sa formation de moine. C'est probablement là que lui est venue l'idée de poursuivre son cheminement dans la spiritualité. Mon instinct me dit qu'il a découvert quelque chose là-bas qui l'a mené jusqu'au monastère Ipatiev. Je veux que tu perces les motivations qui l'ont poussé à renier sa vie passée. Pars maintenant, car je soupçonne que chaque minute qui passe rapproche cet homme de son but. Tant que nous ignorons ce qu'il convoite, nous n'avons aucun moyen de contrecarrer ses projets.

L'homme salua respectueusement le prince avant de quitter le cabinet de travail. Andreïev aimait profondément cet homme, qu'il servait avec une grande dévotion. Il aurait donné sa vie, sans hésiter, pour lui. Le prince Youssoupoff lui avait sauvé la vie, un jour qu'une bande de voyous s'en prenait à lui. Le prince, qui passait par là, était aussitôt intervenu en tuant deux des cinq truands;

les autres n'avaient pas demandé leur reste et s'étaient enfuis, sans se soucier aucunement de leurs camarades. À partir de ce jour, le pauvre hère avait décidé de consacrer son existence au prince. Il était devenu les yeux et les oreilles de l'un des hommes les plus puissants d'Europe.

Sous les judicieux conseils du prince, Andreïev avait alors amorcé une transformation complète. Il s'était instruit au sujet des bonnes manières, avait appris quelques langues, s'était informé de la politique et des événements du monde, avait lu de nombreux livres et s'était intéressé à l'art, avant d'intégrer un cercle qui n'était pas le sien. L'homme de main était dès lors devenu un véritable caméléon, se fondant aussi bien dans les quartiers les plus malfamés de Saint-Pétersbourg que dans les grands salons où se déroulaient les cérémonies les plus mondaines. Le prince le payait grassement, afin de lui procurer un style de vie enviable. Cet argent lui ouvrait toutes grandes les portes des réceptions les plus somptueuses. Grâce à lui, le prince Felix Youssoupoff savait toujours tout et avait une longueur d'avance sur tout le monde, même sur la police secrète du tsar.

Bon nombre d'attentats avaient été évités grâce aux précieux renseignements recueillis par Andreïev. Le prince en informait alors Gregori, qui de son côté procédait rapidement à la dissolution des groupuscules. Mais maintenant que le vieux maître n'était plus là, le prince devait agir autrement. Ce n'était certainement pas à ce Raspoutine qu'il pouvait se fier.

Le prince devinait que les agissements étranges du moine, quelles que fussent ses obscures motivations, étaient une gangrène qui s'attaquait tranquillement à la Russie et finirait par l'empoisonner. Il comprenait également que cet adversaire en était un de taille : il possédait de grands pouvoirs puisqu'il était parvenu à se hisser jusqu'au titre de Grand Maître. Le prince Youssoupoff savait qu'il devait surveiller de près le prieur, comme il savait que son destin était lié au sien.

Quelque part dans les hauteurs des Tatras, dans les Carpates, en Roumanie

L'homme se tenait debout, sans bouger, au centre de la salle faiblement éclairée. Caché sous une longue cape de velours sombre dont l'ourlet traînait sur le sol, il avait la tête enfouie sous sa large capuche. Ainsi immobile et enveloppé de sa pèlerine, il ressemblait à une statue de granit noir oubliée là depuis des siècles.

La pièce dans laquelle il se trouvait était située au sommet d'un imposant bâtiment de pierre où les courants d'air s'engouffraient en laissant entendre d'horribles et angoissants sifflements. Parfaitement ronde et pourvue de cinq* entrées aménagées sur son pourtour, la pièce ne contenait rien : ni cheminée, ni blason, ni meubles, ni fenêtres. Une simple rotonde au cœur d'un endroit obscur et abandonné, quelque part dans les hautes montagnes de Roumanie, où la neige avait déjà recouvert le paysage de son blanc et froid manteau.

L'abbaye, cet ancien lieu de culte presque en ruines, datait de l'époque romane* et se dressait à flanc de montagne, comme si quelqu'un l'avait coincée là entre les escarpements rocheux.

D'en bas, l'édifice semblait inaccessible. Sur la pente raide, aucun chemin ne se dessinait entre les rochers. Il est vrai qu'il fallait, pour s'y rendre, connaître l'abrupt sentier habilement dissimulé. La route, disons-le, impraticable, se faisait à pied. L'entreprise était périlleuse pour qui s'y risquait la première fois. L'ermitage, surnommé le « Clos du diable », avait une solide réputation dans le comté. Personne n'avait le cran de s'y hasarder, et c'était mieux ainsi. La frayeur qu'inspiraient aux habitants du coin ces lieux inquiétants était le meilleur moyen de les éloigner, et ses propriétaires ne faisaient rien pour réfuter leurs croyances. On prétendait que plusieurs s'y étaient rendus, des crâneurs qui avaient voulu épater quelques esprits impressionnables, mais que jamais on ne les avait revus. Mais allez savoir ! L'homme a toujours raffolé de ce genre de choses. Il faut continuellement qu'il rajoute du mystère là où il n'y en a pas forcément. Ce doit être une façon d'agrémenter sa vie trop routinière.

Quoi qu'il en soit, lorsqu'un étranger demandait à quelqu'un des alentours de le guider jusqu'à l'abbaye, ce qui était extrêmement rare, il était généralement abandonné aux limites du domaine, malgré la somme rondelette préalablement négociée.

Les inconnus, inquiets, se retrouvaient ainsi seuls à l'endroit même où un écriteau, accroché aux hautes grilles de fer forgé, informait le visiteur qu'il pénétrait dans un lieu privé et qu'il le faisait à ses risques. Et pour alimenter les rumeurs et la peur qu'engendrait le Clos du diable, ces étrangers-là non plus, on ne les revoyait jamais.

L'homme tremblait. Ses pieds nus sur les dalles grises et froides transmettaient à son cerveau une onde de souffrance. Il était gelé, totalement glacé, et devait se concentrer pour garder son calme. Sous sa cape, son corps entièrement nu* était parcouru de violents frissons qu'il tentait avec difficulté de réprimer. Cela faisait presque dix heures qu'il était là, immobile, sans broncher. Il avait soif et était transi, mais il ne devait pas bouger, sous aucun prétexte.

Il savait parfaitement qu'il était observé, qu'on le testait et qu'il passait là la plus importante épreuve de sa vie de Grand Maître, celle qui couronnerait l'acte de sa nomination. Il n'avait pas été préparé à cela, d'ailleurs personne ne l'était. C'était bien le but de l'exercice. Il devinait, à cette interminable attente, à ce froid et à cette incertitude, l'objectif de l'épreuve. Il le comprenait sans avoir reçu d'explication. Les Piliers de l'Arcane testaient sa force, tant physique que morale, sa patience et son dévouement. Pour réellement devenir Grand Maître de la Confrérie des Loups, il devait réussir ce dernier examen : il lui fallait prouver à ses pairs son aptitude à se soumettre humblement et sa volonté viscérale de servir la cause. Il devait montrer qu'il était un être à part, choisi pour ses facultés exceptionnelles.

Raspoutine avait découvert, grâce aux connaissances d'un Loup de la troisième génération, que le dévoilement de l'arcane ne se faisait que sous certaines conditions. L'aspirant désireux d'être admis parmi les dépositaires de cette connaissance devrait démontrer son intelligence, ainsi que sa force psychique et physique, avant de pouvoir accéder au secret des secrets. Et c'était grâce à l'acquisition de la mémoire des Anciens, grâce à la puissance de cette « collectivité ancestrale », que le nouveau maître accédait à la révélation suprême. L'accession au titre de Grand Maître était le premier

pas, mais il devait franchir le dernier, sans prépa-
ration ni conseil de quiconque. Il était seul devant
l'inconnu. Il devait ainsi démontrer qu'il était le
seul maître possible.

L'esprit de ce vieux Loup n'avait pas été difficile
à pénétrer, peut-être parce que celui-ci, trompé
par des années d'ennui, baissait sa garde sitôt
qu'il se sentait en terrain amical.

Le moine pensait, peut-être avec raison, que
les Loups de la troisième et de la quatrième générations étaient des Loups qui n'avaient pas eu la
chance de s'élever à la charge de Grand Maître.
À cause de cela, une certaine forme de rancœur
sommeillait en eux. Bien sûr, ils demeuraient
entièrement loyaux à la cause, mais la jalousie
finissait toujours par se frayer un chemin, même
dans les âmes les plus pures. C'était du moins ce
que pensait Raspoutine avec conviction.

Il suffisait donc, pour qui était capable de le
faire, de découvrir cette parcelle de déception qui
sommeillait en eux, afin d'y injecter l'anticoagulant
qui permettrait au venin qu'était l'envie de se
répandre au sein même de leur être: dans la raison.

Le prieur avait vite décelé cette défaillance chez
ce vieux Loup et avait su tirer profit de sa faiblesse.
Ce dernier avait fait partie des candidats au titre de
Grand Maître en même temps que Gregori, et la
déception avait été grande pour lui, même s'il éprou-
vait pour l'ancien Grand Maître un respect absolu.

« L'homme est un homme en apparence, mais malgré ses airs de bonté et de générosité, il cache un loup ! » C'était ce que pensait Raspoutine.

Le prieur réprima un nouveau tremblement. Il avait terriblement froid. Mais le plus difficile pour lui était de contenir ses pensées, qu'il ne devait pas entièrement dévoiler. Si ses pairs découvraient réellement qui il était, c'en serait fini de lui et de ses ambitions. Il serait proscrit sur-le-champ, avant d'être éliminé.

Il devait tenir bon, se surveiller et contrôler son esprit. Son but était si proche maintenant. Il avait mis tant d'années à s'y préparer. Des années de privation, d'errance de par le monde à la recherche de cet eldorado, ce pays de légende qui prenait des visages différents selon les cultures. Il avait toujours su, et cela depuis qu'il était enfant, que cette société secrète formée de Loups spécialement choisis existait réellement. Dès son plus jeune âge, il l'avait ressenti en lui comme une évidence.

Il entendit des voix et des murmures dont il ne comprit pas le sens. Tout cela se passait dans sa tête. On pénétrait son esprit à la recherche de son âme et de ses pensées. Il ne devait pas se trahir. Il devait être plus fin que cela. Il y était parvenu jusqu'ici. Gregori n'avait jamais pu le sonder. Il avait découvert en lui ce que lui, Raspoutine, avait bien voulu qu'il voie. Combien de temps encore allait durer cette épreuve ? Il se sentit défaillir. Il inspira un grand coup pour se redonner courage. Tenir, il devait tenir, ne pas fléchir.

— Nous ignorons ce que tu cherches, entendit-il enfin avec plus de clarté.

Était-ce dans son esprit ou s'adressait-on véritablement à lui?

— Qui es-tu? Que veux-tu? s'enquit une voix féminine. Tu n'as jamais été un Jeune Loup. Tu n'as jamais passé les épreuves.

Son timbre, sans âge, semblait doux et dépourvu d'hostilité, mais Raspoutine ne s'y trompait pas; c'était la voix d'un des Piliers de l'Arcane. Un être exceptionnel qui consacrait sa vie, et même au-delà, à protéger le secret: l'*arcana arcanorum**.

Son rang était plus élevé que celui du Grand Maître de la Confrérie des Loups. C'était un être supérieur. Ils étaient cinq. Cinq Piliers totalement inconnus des initiés et des gens en général. Des créatures qui agissaient dans l'ombre et qui ne se manifestaient jamais ouvertement. Leur pouvoir était immense. Ils influençaient les plus grands de ce monde et l'évolution de celui-ci. Les Piliers de l'Arcane étaient les maîtres décideurs des dirigeants en place. Par l'intermédiaire des chefs d'État, qui n'étaient en réalité que de simples pions, c'étaient eux qui gouvernaient le monde.

— Je suis Raspoutine-Novyï de Sibérie, nouveau Grand Maître de la Confrérie des Loups, nommé et élu par la Chambre des douze.

— Oui, ça, nous le savons déjà ! Mais que veux-tu ? Que fais-tu là ? poursuivit une autre voix, celle d'un homme plus âgé.

Raspoutine ne comprenait pas ce qui se passait. Comment ces êtres pouvaient-ils ignorer les raisons de sa présence ici, en Roumanie, à des kilomètres et des kilomètres de la Russie ? Peut-être cela faisait-il partie du déroulement normal des choses, ou peut-être devait-il tout simplement formuler clairement sa demande, comme un jeune apprenti lors d'une première initiation.

— Je suis venu chercher le savoir suprême, celui des Grands Maîtres passés, afin d'atteindre l'Arcane, le secret des secrets.

Un long et profond silence suivit sa déclaration, un silence que le moine interpréta alors comme un mauvais présage. Il lui semblait que quelque chose n'allait pas. Il le pressentait, comme si les éléments ne s'emboîtaient pas naturellement. Quelque chose clochait.

— Qu'attends-tu de nous ? demanda une nouvelle fois la voix douce de la femme.

Cette fois-ci, Raspoutine ne comprenait plus rien. Pourquoi les Piliers de l'Arcane voulaient-ils savoir ce qu'il cherchait, alors qu'il était maintenant le Grand Maître ? Avait-il omis un élément ? Devait-il faire quelque chose pour accéder au niveau supérieur ? Il se sentit soudain seul, de trop, pas à sa place, comme si l'annonce de sa nomination n'était pas parvenue jusqu'à eux. Comme s'il n'était qu'un simple commis voyageur perdu, se présentant à ces individus pour leur demander son chemin. La situation l'intriguait au plus haut point. Devait-il les questionner ?

— Dois-je comprendre que vous ignorez réellement qui je suis et ce que je suis venu chercher ?

Un autre long silence s'installa, avant que la femme ne réponde :

— Nous savons très bien qui tu es, Raspoutine, mais ce que nous ignorons, c'est quelles sont les raisons qui t'ont poussé à solliciter une audience. Ta requête nous a surpris.

Le moine hésita. Il était sur le point de perdre son calme, fatigué de cette attente et de cette situation à laquelle il ne comprenait rien. Il inspira profondément avant de dire, d'une voix qui trahissait, bien involontairement, son irritation :

— Mais je suis ici pour recevoir l'esprit des Anciens… afin d'accéder au secret des secrets. C'est bien vous qui devez me le transmettre, non ?

Le nouveau silence qui lui répondit fit comprendre au prieur qu'il s'était trompé quelque part. Sa présence dans ces lieux était vaine. Enfin, il entendit :

— Tu te trompes, Raspoutine. Tu ignores probablement le déroulement des étapes, puisque tu n'as pas passé les épreuves, concéda la femme, mais Gregori aurait dû te préparer. Il semble qu'il ait omis de le faire, et nous ignorons pourquoi.

— Mais, reprit une troisième voix, vieille et traînante, s'il n'a pas pris la peine de t'expliquer… c'est qu'il le jugeait bon.

Raspoutine fronça les sourcils, incertain de comprendre ce que voulait dire l'homme. Il rabattit son large capuchon derrière sa tête avant de faire un tour sur lui-même, comme s'il cherchait à voir ces êtres dont il devinait la présence toute proche. Une grande impatience montait en lui, et il ne parvenait à se contrôler qu'avec peine.

La voix de l'homme qui s'était manifesté plus tôt se fit de nouveau entendre :

— L'esprit des Anciens se transmet de lui-même à la mort du dernier Grand Maître. C'est une entité propre qui choisit l'esprit qu'elle habitera, l'esprit qui doit être élu ! Ce n'est pas nous qui décidons, mais les Anciens. Leur choix repose sur des critères dont nous ignorons tout. Nous ne sommes que les gardiens de l'Arcane.

Un autre silence s'abattit, lourd et inquiétant cette fois.

— Si tu n'as pas senti sa transmission, si tu ne portes pas en toi l'esprit des Maîtres passés, c'est que tu n'es pas celui qui devait être élu, conclut la femme.

Raspoutine poussa un cri puissant et menaçant que la nudité des murs lui renvoya dans un écho.

— QUOI?!!

Interdit, tremblant de froid et de rage, le moine fit un autre tour sur lui-même, réalisant soudain qu'il était maintenant seul. Les voix s'étaient tues et les Piliers de l'Arcane avaient disparu.

— OÙ ÊTES-VOUS? RÉPONDEZ! Je ne vous entends plus…, laissa-t-il tomber dans un murmure. Répondez… Ne me laissez pas comme ça, dans l'ignorance… répondez-moi…

Mais le vide emplissait l'espace et s'infiltrait également dans l'esprit du prieur. Il se laissa mollement tomber sur le sol froid et humide, ne pouvant plus maîtriser ses jambes ni contenir ses larmes. Pendant un temps infini, il demeura là, à pleurer, prostré comme un enfant perdu. L'effort qu'il avait dû déployer pour contrôler son esprit durant ces longues heures l'avait totalement épuisé.

Dans sa demi-conscience, devant ses yeux bleus énigmatiques, des ombres l'entourèrent, comme dansant une farandole. Au loin, une musique se faisait entendre. Rêvait-il? Cela lui semblait tout à fait plausible, puisqu'il ne sentait plus le froid assaillir son corps, ni même la soif qui l'avait tenaillé.

Les ombres se balançaient en rythme, lorsque l'une d'entre elles se détacha de cette chaîne pour se pencher sur lui. Son visage était doux et d'une vieillesse vénérable, ses cheveux étaient blancs comme neige et ses yeux le regardaient avec ironie.

Ces yeux, le moine les connaissait. Ce regard délavé aux iris gris cendré, c'était celui de Gregori Bogdanovitch. L'ancien patriarche lui adressa un sourire narquois avant de disparaître.

La cellule était plongée dans une obscurité presque totale. Seuls cinq faibles rayons émanaient de cinq portes différentes. Ces lueurs se glissaient dans la pièce avec légèreté et semblaient évoluer avec intelligence, telle une conscience. Les lieux paraissaient quasiment irréels, comme s'ils se trouvaient dans un rêve. Pourtant, tout cela était bien matériel.

Cette loge, qui servait de point de rencontre aux Piliers de l'Arcane, se trouvait non loin de la rotonde où Raspoutine gisait à demi inconscient, entre le rêve et l'éveil. Malgré les pouvoirs que semblaient détenir ces êtres, et malgré l'aura de mystère qui les enrobait, il n'en demeurait pas moins que ces puissantes créatures étaient bel et bien des êtres humains faits de chair et d'os.

On devenait Pilier de l'Arcane uniquement par parrainage, après des études très approfondies et après avoir fait ses preuves au sein de l'organisation.

Et il ne pouvait y avoir que cinq Piliers, et seule la mort libérait l'individu de sa fonction.

— Si ce Raspoutine n'est pas celui qui devait succéder au Grand Maître, qui est-ce et où est-il ? dit la femme qui, quelques instants plus tôt, se faisait entendre dans la rotonde déserte et froide.

— Nous avons là un problème majeur que jamais encore la confrérie n'avait rencontré. Depuis onze siècles que notre ordre existe, jamais nous n'avons été confrontés à cela. Comment cet individu a-t-il pu être élu par la Chambre des douze, s'il ne portait pas déjà la marque des Anciens ? Les esprits des Grands Maîtres passés reconnaissent et choisissent le prochain magistère à la mort du dernier sage. Comment ce moine a-t-il pu être nommé à cette fonction, alors qu'il n'était pas le dépositaire de l'esprit des Anciens ? C'est à n'y rien comprendre, conclut la voix éraillée d'un homme.

— Sauf s'il a pu adroitement berner les membres de la chambre…, répliqua la voix traînante de l'homme qui s'était déjà exprimé en présence de Raspoutine.

— Celui qui accomplit un tel exploit est un être exceptionnel, doté d'une force mentale et parapsychologique incroyable. Et si cela est vrai, pourquoi les esprits des Maîtres passés ne l'ont-ils pas choisi, lui, puisque cet homme possède un don si rare ? déclara la voix éraillée.

— S'il n'a pas été désigné par les Anciens, c'est parce qu'il ne mérite pas cette place. Il représente certainement un danger pour l'Arcane, ajouta la femme.

— Oui, je le pense également, affirma l'homme à la voix traînante. Les esprits anciens ne l'ont pas désigné, car ce Raspoutine constitue une menace. Cet homme porte le mal. Il n'est pas là pour protéger le pouvoir unique, mais pour s'en emparer !

— Que devons-nous faire ? Doit-on l'éliminer ?

— Non, pas tout de suite. Tant et aussi longtemps que nous ignorons qui est porteur des forces anciennes, nous ne pouvons laisser la confrérie sans dirigeant. Les temps sont troubles. Et puis, pour le moment, ce Raspoutine fait un excellent travail auprès du tsar. Qu'il reste en place le temps que nous découvrions qui est le vrai Grand Maître ! L'esprit des Anciens n'agit pas sans raison. Il sait.

— Nous aurons soin de surveiller cet homme de près. Nous allons nous servir de lui tant et aussi longtemps que cela sera nécessaire. Une vaste partie d'échec se prépare et nous devrons mettre le moine hors jeu avant qu'il ne renverse le roi.

CHAPITRE 5

Novembre 1904

*À Son Excellence, le prince Felix Youssoupoff,
comte Soumakoroff-Elston*

Cher frère,

*Nous aimerions porter à votre attention un
événement particulier qui vient de se produire.
L'incident en question est fâcheux et nous oblige
à prendre certaines dispositions. Le Grand Maître
Raspoutine-Novyï, prieur du monastère Ipatiev,
n'est pas le dépositaire du savoir des Anciens.
Cette incompréhensible et inexplicable situation
n'est pas sans ébranler notre foi envers la Chambre
des douze. Quelqu'un, à l'intérieur de ce cercle,
a favorisé l'élection du moine. Qui et comment ?
Nous l'ignorons. Mais nous pouvons facilement
en déduire que la confrérie n'est plus totalement
intègre et que quelqu'un, quelque part, a enfreint*

les règles et le protocole. La Chambre des douze doit être immédiatement dissoute et reformée par un nouveau collège. Tous ses membres doivent être éliminés. Le prieur, que nous n'appellerons plus Grand Maître, puisque sa nomination est caduque, demeurera néanmoins en poste jusqu'à ce que nous découvrions qui est le vrai dépositaire de l'esprit des Anciens. La décision de garder cet intrigant à la tête de la confrérie vient simplement du fait que ne pouvons la laisser sans guide, ainsi que le tsar sans protection. Les temps sont terriblement critiques et les incertitudes politiques trop présentes pour abaisser notre garde.

Votre mission sera de surveiller scrupuleusement cet homme et de nous tenir continuellement au courant de ses moindres gestes et de ses plus profondes réflexions. Ne doutez jamais de sa détermination à parvenir à ses fins et méfiez-vous de lui : ses capacités sont immenses. S'il était acquis à notre cause, nous aurions là un guide exceptionnel.

Nous vous prions d'agréer, cher ami,
l'expression de nos sentiments les meilleurs.

Obéissance, Dévotion et Discipline,

L. P. D. L.

Au moment où le prince parcourait cette missive, Arkadi recevait au monastère Ipatiev une lettre presque identique l'informant de la dissolution de la Chambre des douze et de l'élection d'un nouveau collège. À la lecture de ce pli, le sénéchal ne put refouler une légère satisfaction. Enfin, le moine était percé à jour. Enfin, ses intentions étaient découvertes. Bien évidemment, Raspoutine demeurait le prieur, mais Arkadi comprenait que son temps était maintenant compté. Le moine avait entamé une partie qu'il ne pourrait pas terminer, ses adversaires étaient beaucoup trop forts. Cela, Arkadi le savait, le devinait. Gregori lui avait si souvent parlé des Piliers de l'Arcane depuis qu'il était enfant qu'il ressentait leur influence jusque dans les moindres événements de la vie de tout un chacun.

Le Chef de meute n'avait encore jamais pu prouver que Raspoutine était l'assassin de son père adoptif et d'Iakov, mais il savait que le jour viendrait où cet homme odieux paierait pour ses crimes. Cependant, le Loup ignorait que ce funeste destin, qui mettrait fin au règne du moine, naîtrait de sa propre volonté à le voir tomber.

Appartements privés du prieur
Raspoutine-Novyï, monastère
Alexandre-Nevski,
Saint-Pétersbourg

La femme restait en retrait, dans l'ombre de la porte d'entrée de l'appartement. Un large chapeau garni d'un voile de dentelle cachait son visage. Elle était vêtue avec élégance, mais sans chichi, dans des teintes foncées, de façon, pourrait-on croire, à passer inaperçue. Elle tenait à la main un petit sac de soie brodée et, dans l'autre, un chapelet, enroulé autour de ses doigts gantés.

— Assieds-toi, l'invita le moine en refermant la porte derrière elle, à double tour.

— Je vous remercie, mais je ne peux m'attarder. Si je suis venue vous voir, cher ami, c'est que je désire savoir comment s'est déroulé votre séjour dans les Carpates, l'interrogea la visiteuse d'une voix douce et légèrement enrouée, tout en posant son sac à main sur un guéridon de bois massif, près de la porte.

Avec habitude et élégance, elle retira ses gants qu'elle déposa également.

— Les Carpates… Pfff! Très honnêtement, je ne sais qu'en dire, puisque je ne suis pas tout à fait sûr de ce qui s'est passé. Et mon voyage là-bas, pfff…

La femme releva sa voilette pour détailler avec attention les traits du moine. Elle était, pour sa part, d'une grande beauté avec son teint d'ivoire, ses pommettes hautes et ses cheveux blonds retenus dans un large chignon d'où retombaient savamment quelques boucles sur ses épaules menues. Ses yeux de couleur noisette claire avaient quelque chose de très particulier; ils étaient perçants, presque intimidants. Elle avait moins de trente ans et affichait avec noblesse un port de reine et une grâce naturelle qui faisaient tourner bien des têtes. De toute évidence, elle appartenait à l'aristocratie. Anna Vyroubova* était une des demoiselles d'honneur de la tsarine. Elle fréquentait la cour et frayait avec la noblesse russe.

— Je ne comprends pas, dit simplement la visiteuse.

— Moi non plus! répliqua brusquement le moine en se dirigeant vers une table où une tasse de thé fumait.

Il la prit lentement pour souffler doucement sur la boisson chaude, avant de la porter à ses lèvres. Quelques gouttes du liquide ambré allèrent se perdre dans sa barbe, mais le religieux n'en avait cure. Sa mise n'avait aucune importance pour lui, et il avait d'ailleurs compris depuis longtemps que son apparence peu soignée était un atout qui venait alimenter les rumeurs sur son énigmatique personnalité.

Les gens étaient si soucieux de leur allure et de celle des autres que lorsque quelqu'un arborait un air décontracté et négligé, et les regardait tout de même de haut, ils voyaient en lui une personnalité hors du commun, un être particulier à connaître. Malgré son aspect repoussant, Raspoutine était parvenu à se faire accepter dans les hautes sphères de la société russe, et même à se faire admirer de certains.

— Expliquez-vous! insista la femme, légèrement impatiente.

— Très bien! Mon voyage, chère Anna, se résume en ces quelques mots: je ne porte pas en moi l'esprit des Maîtres anciens.

— Que me dites-vous là? s'écria Anna Vyroubova en ouvrant de grands yeux.

— Que les Piliers de l'Arcane savent maintenant que je ne suis pas celui qui devait être nommé à la charge de Grand Maître. En d'autres termes, mon plan... notre plan, chère Anna, semble avoir échoué quelque part!

— Mais vous étiez le seul qui pouviez recevoir ce don... Ne m'aviez-vous pas dit...

— Je sais très bien tout ce que j'ai pu te dire et je t'avoue, très humblement, que j'ignore ce qui a bien pu se passer. Je commence à penser que j'ai grandement sous-estimé ce vieux fou de Gregori. Je croyais l'avoir berné, mais il était de toute évidence plus rusé que je ne le supposais. Ma trop grande confiance en mes moyens et en notre plan m'aura, je le pense, trompé. J'aurais dû me douter que ce vieux singe avait plus d'un tour dans son sac…

— Mais alors, si vous n'avez pas reçu l'esprit des Anciens, où se trouve-t-il?

— La question que nous devons nous poser, chère amie, n'est pas où… mais en qui. Qui a hérité de ce pouvoir?

La femme le regardait, quelque chose de sournois animant ses yeux fascinants.

Raspoutine plaça son index droit sur ses lèvres et les tapota, tandis que son bras gauche, replié sur son ventre, servait de support à son coude droit.

— J'ai longuement réfléchi sur le chemin du retour et il ne peut y avoir qu'une seule explication: l'esprit des Anciens est allé à quelqu'un qui se trouvait obligatoirement dans la pièce. Lorsque le vieux est mort, nous étions une dizaine de personnes dans ses appartements. Il y avait son conseiller, Iakov, tout aussi âgé que Gregori. Il ne peut avoir reçu ce don, c'est impossible, de toute façon ce n'était pas un Loup. La chose est exclue. Sa fille Ekaterina… Oui, elle, elle pourrait avoir été choisie, mais j'en doute. Ekaterina n'a pas les qualités nécessaires pour mener à bien toute cette aventure. C'est une Louve, certes, mais elle ne possède pas, au fond de son être, comment dire ? le feu sacré, la détermination fondamentale pour être investie d'une telle charge. Donc, éliminons la femme. Il y avait également dans la pièce deux frères lais, mais là encore, il est improbable que le don revienne à des subalternes. La qualité de Grand Maître ne peut se transmettre qu'à un individu désigné, choisi par les astres, non à des personnes simples. Il nous reste donc les quatre autres postulants au titre : Oulanov, Lebedev, Martinovitch et Mirowski, et le fils adoptif de Gregori, Arkadi… si intègre et si parfait ! conclut le moine dans un sarcasme.

— Et lequel de ces cinq individus est le plus apte à recevoir cet héritage ? demanda la dame en jouant nerveusement, du bout des doigts, avec les perles grises de son collier.

— Tous les cinq le sont ! répondit le moine en souriant, ouvrant les bras en signe de dépit. Il est très possible que le vieux soit parvenu à lire en moi mes intentions et qu'il ait choisi parmi eux l'héritier spirituel des Anciens. La question alors qui s'impose est : pourquoi celui-ci ne se manifeste-t-il pas ? Pourquoi les Piliers de l'Arcane ne le placent-ils pas à la tête de la confrérie ? Tu comprends ? Si je suis encore en vie à l'heure qu'il est, si j'ai pu quitter la Roumanie et revenir ici sans encombre, et si je n'ai pas encore été démis de mes fonctions, c'est, je pense, parce qu'ils ignorent, eux aussi, qui a reçu l'esprit des Anciens.

— Oui, cela me paraît logique. Mais quatre candidats, c'est beaucoup! laissa tomber Anna Vyroubova.

— Oui, c'est beaucoup, comme tu dis! Les quatre autres postulants au titre ont tous les qualités nécessaires pour devenir Grand Maître, et Arkadi est le meilleur des Loups. Il est tout à fait apte à recevoir ce don, puisqu'il a le profil d'un Maître, malgré son jeune âge. Et de façon plus pragmatique, je pencherais volontiers pour lui, à cause de ses liens avec le vieux singe. Il me paraît être un choix si évident! Les Piliers de l'Arcane m'ont dit que le Grand Maître devait préparer son successeur, et bien que, dans le cas présent, cette initiation ne se soit pas faite avant, il est alors légitime de penser à Arkadi qui a évolué aux côtés du vieux fou. Mais la question demeure entière : pourquoi ne se manifeste-t-il pas? Pourquoi, depuis tout ce temps, n'a-t-il pas proclamé sa légitimité, alors que ça fait des années maintenant que je suis à la tête de la Confrérie des Loups?

— Peut-on recevoir l'esprit des Anciens sans en être conscient? demanda la femme en buvant à même la tasse de Raspoutine.

Le moine la dévisagea, soudain fasciné, et pendant de longues secondes il demeura ainsi à la regarder, un demi-sourire s'esquissant sur ses lèvres. Il la contemplait comme s'il la voyait pour la première fois. La femme, de son côté, écarquillait les yeux, surprise du regard du moine sur elle et se demandant ce qu'elle avait bien pu dire pour provoquer cette réaction.

— Il serait porteur…, murmura-t-il enfin. Oui, oui, oui, intéressant comme hypothèse, dit-il en lissant sa barbe ébouriffée. Très intéressant ! Et cela expliquerait nombre de choses qui se sont déroulées durant tout ce temps…

Il reprit la tasse des mains de la femme, mais elle était vide. D'un pas lent et l'esprit visiblement ailleurs, il l'approcha du bec verseur du samovar* pour la remplir de nouveau.

— Oui, oui, c'est forcément ça ! enchaîna-t-il à voix haute. Si ce cher Arkadi ou un des quatre prétendants était tout simplement porteur, s'il gardait en lui l'esprit des Anciens, en attendant… je ne sais pas, moi, le bon moment… peut-être, pourquoi pas ? Ma chère Anna, je crois que cette hypothèse répond tout à fait à nos questions. Mais elle en soulève une autre : si c'est bien ce que l'on croit et que l'un de ces cinq hommes est l'hôte de cette puissance mentale et parapsychologique, à qui doit aller cet héritage ? Pour qui conserve-t-il ce don exceptionnel ?

— Vous le savez ? demanda la femme en plissant les yeux.

— Mais je ne suis pas devin ! s'écria le moine en riant, tandis que la femme s'élançait vers lui pour lui plaquer sa main sur la bouche.

— Chuuut! Que dites-vous là, voyons? Baissez le ton, on pourrait vous entendre!

Raspoutine attrapa la délicate main de la femme et embrassa l'intérieur de son poignet.

— Ne t'inquiète donc pas, mon Anna, personne ne nous écoute. C'est l'heure des nones*, tous les religieux de ce monastère prient sagement et avec dévotion dans la chapelle.

— On ne sait jamais, dit-elle en retirant sa main et en lui jetant un regard froid.

Raspoutine riait. Ses yeux malicieux exprimaient réellement de l'amusement, bien que le moine semblât profondément soucieux.

— Si vous l'ignorez, comment allons-nous le découvrir? Comment reprendre cet héritage qui vous revient?

— Tu formules toujours les bonnes questions, chère amie, et nos esprits cheminent parfaitement côte à côte, susurra le prieur en continuant de sourire.

Son regard exprima soudain quelque chose d'animal.

— J'ignore encore comment reprendre ce qui m'est dû, il faut que j'y réfléchisse, car à l'heure qu'il est, nous ne pouvons que supposer que le porteur soit un de ces Loups, mais nous n'avons aucune certitude. L'esprit des Anciens peut très bien avoir intégré le corps d'un autre postulant, nous ne devons pas écarter cette supposition.

— Comment savoir ?

— Je l'ignore ! Si le porteur ne se sert pas des facultés exceptionnelles qui lui sont imparties, il nous est impossible de découvrir de qui il s'agit.

— Ne peut-on l'obliger à en faire usage ? suggéra l'intrigante visiteuse.

Raspoutine lui répondit par un sourire, un sourire étrange, presque terrifiant, tant il était machiavélique. Il passa les bras autour de la fine taille de la femme pour l'embrasser avec passion.

Presque six ans plus tard,
pavillon de la confrérie du monastère Ipatiev,
printemps 1910

— Chers Loups et Chefs de meute, je viens de recevoir un message de notre Grand Maître Raspoutine qui me charge, en tant que sénéchal, de vous informer de sa décision de faire passer à nos Jeunes Loups la troisième épreuve de leur formation. Ils ont maintenant dix ans, et nous pensons qu'ils sont assez robustes pour la subir. Malheureusement, je dois aussi vous dire que notre maître ne pourra assister à ce moment solennel. Il est retenu à

Tsarskoïe Selo*, mais il nous prie de faire franchir cette étape à nos protégés en son nom, au nom de la confrérie et en celui de notre foi en notre mission.

Quelques œillades s'échangèrent entre les membres de l'ordre, chose à laquelle Arkadi s'était attendu. Lorsqu'il avait reçu la missive du moine l'informant de ses décisions à propos de l'épreuve des Jeunes Loups, ainsi que de son incapacité à être présent à l'événement, le sénéchal avait eu la même réaction que ses confrères.

L'absence continue du Grand Maître ébranlait énormément la confiance des Loups. Non pas que l'estime qu'ils avaient envers le prieur fût énorme, mais il n'était pas là pour diriger le monastère, alors qu'il en avait la responsabilité. Les missions reposaient presque toujours sur les mêmes Loups, basés en permanence à Saint-Pétersbourg, et les membres de la communauté commençaient à sentir le poids de leur inaction. Plusieurs avaient l'impression d'être laissés pour compte. Une certaine frustration minait leur motivation.

— Je vous informe donc, poursuivit Arkadi, que la troisième étape dans la vie de nos Jeunes Loups aura lieu dans deux semaines. Je vous rappelle que nous passerons l'épreuve du Courage. Préparez vos protégés avec soin, car vous savez que cette étape n'est pas facile. C'est même certainement la plus difficile. Il ne reste que quatorze

Jeunes Loups, nous devons, si possible, éviter d'en perdre d'autres.

— Comme ça, le Grand Maître n'assistera pas à la cérémonie ! s'exclama Sevastian Kourine, le père adoptif de Sofia, en jetant un coup d'œil entendu aux autres Chefs de meute.

Son ton n'était pas interrogatif. Il venait de sous-entendre, de manière fort affirmative, tous les reproches silencieux de ses frères.

— C'est juste ! Il est retenu à Tsarskoïe Selo, comme je viens de le dire, répondit Arkadi, sans grande conviction, mais plutôt avec lassitude, car le Chef de meute en avait plus qu'assez de devoir constamment justifier les décisions de Raspoutine.

Il n'avait pas envie de se lancer dans ce genre de débat, et pourtant il était le seul à être qualifié pour défendre les intérêts du Grand Maître, puisque c'était lui qui le remplaçait en son absence. Il savait, comme tous, que la présence du magistère était requise lors des épreuves. Dans toute l'histoire de la confrérie, jamais encore un Grand Maître n'avait manqué ces rites de passage essentiels qui marquaient profondément la vie et le développement d'un Loup. C'était dans les conventions de la confrérie, et cela marquait avec force les liens qui unissaient les Loups entre eux.

La meute sans son chef n'était plus une meute. Arkadi avait beau faire, il n'était pas celui qui avait été désigné par la Chambre des douze. Les absences répétées et trop longues de Raspoutine créaient une profonde brèche dans l'histoire de la confrérie. Visiblement, cela influait aussi sur le moral et sur le comportement des disciples.

Arkadi se montrait compétent par ses décisions et son dévouement envers la communauté, il avait l'étoffe d'un magistère, et tous s'entendaient pour dire qu'il aurait fait un bien meilleur Grand Maître que Raspoutine. Mais il ne l'était pas. Il n'était que sénéchal.

Il fallait comprendre que les rites de passage ne servaient pas seulement à déterminer lesquels parmi les recrues étaient le plus aptes à poursuivre leur éducation de Loups, ni même à développer leurs capacités. Ils servaient aussi à accroître ce lien unique qui liait les Loups jusque dans la mort. Un Loup faisait partie d'une meute, il ne pouvait agir seul. Sa force résidait avant tout dans ses attaches avec ses semblables. Et pour mener les Loups, pour les guider efficacement, il fallait un Chef de meute dominant, un maître.

Le regard que venaient d'échanger les Loups était très éloquent. Encore une fois, ces hommes n'approuvaient pas le choix du prieur, évidemment.

Depuis sa nomination au titre de Grand Maître, Raspoutine avait passé le plus clair de son temps à Saint-Pétersbourg, à Tsarskoïe Selo ou encore à Peterhof *, à jouer le mondain et le favori du couple royal, et l'insatisfaction générale se lisait sur les visages.

Il devenait chaque jour évident pour les Loups que l'homme s'était servi de l'ordre pour atteindre le tsar et, à travers lui, une forme de pouvoir. Tous le pensaient, mais personne ne l'exprimait ouvertement. Et la question qui demeurait silencieuse, mais à laquelle tout le monde songeait, c'était bien celle de son limogeage*. Pourquoi le Grand Maître n'était-il pas tout simplement remplacé? Pourquoi la Chambre des douze n'élisait-elle pas un nouveau magistère? Raspoutine était à la tête de la confrérie depuis six ans maintenant, et jamais aucun autre Grand Maître n'avait agi comme il le faisait. Jamais aucun prieur n'avait démontré aussi peu d'intérêt pour l'ordre. Cela allait à l'encontre de la fonction même de Grand Maître.

Raspoutine faisait son travail, certes; il assurait la protection de Nicolas II et était parvenu à détourner plusieurs attentats contre sa personne royale, mais l'avait-il fait réellement dans le but d'accomplir sa mission, ou plutôt dans des desseins plus personnels? Le moine se faisait-il du capital politique en utilisant sa fonction et celle de la confrérie pour gagner l'estime du tsar et ainsi caresser du bout des doigts le pouvoir si convoité?

Les Loups n'étaient pas sans savoir que, malgré le comportement irrespectueux du moine envers l'ordre et ses attitudes condamnables, le religieux faisait un excellent travail auprès de l'empereur. Il était parvenu à démanteler plusieurs groupuscules révolutionnaires et avait fait avorter plus d'un attentat. Et encore, ils ne savaient pas tout. Arkadi ne pouvait s'ouvrir à ses frères. Il n'avait pas le droit de divulguer certaines informations dont il ne voyait pas pourquoi, d'ailleurs, il ferait étalage. Il n'était absolument pas disposé à prendre la défense de cet homme qu'il détestait au plus haut point.

— Peut-être devrions-nous déménager la confrérie dans la capitale impériale ? suggéra, non sans rire, Iziaslav, un Loup habituellement réservé qui n'ouvrait que rarement la bouche.

— Dis-moi, Arkadi, n'as-tu pas l'impression de faire le travail de notre maître, sauf que tu ne disposes pas des avantages liés à son titre ? demanda Stanislav, un autre Chef de meute.

Celui-ci avait une carrure imposante, et un regard sombre et inquiétant. Pourtant, pour ceux qui le connaissaient, cet homme était la bonté incarnée.

— Je fais ce que l'on attend de moi, répondit Arkadi, même s'il savait pertinemment que sa réponse n'en était pas une — du moins, elle n'exprimait pas ses véritables idées et opinions.

Sur cela non plus, Arkadi ne pouvait laisser cours à ses pensées et dire ouvertement qu'il désapprouvait, lui aussi, le comportement du Grand Maître. Il ne pouvait le dire, non seulement parce qu'il jugeait cela irrespectueux envers la hiérarchie de la confrérie, mais également parce qu'il était le sénéchal, et donc, par définition, le bras droit du prieur, celui sur qui le maître se reposait.

Arkadi s'était adressé à la nouvelle Chambre des douze afin de savoir pourquoi le moine n'était toujours pas exclu de l'ordre. Après quelques instants de silence des membres, il avait obtenu la réponse à laquelle il s'attendait : Raspoutine ne pouvait être démis de ses fonctions de Grand Maître parce que, dans les faits, il n'avait commis aucune faute. Son absence du monastère, bien que regrettable, ne constituait pas une infraction envers la confrérie. L'homme avait toujours très bien organisé ses missions et veillait à la sécurité de la Couronne. Non, en réalité, le Grand Maître faisait ce qu'il devait faire. Pour cela, il n'était pas nécessaire qu'il demeurât au monastère en tout temps.

Selon la Chambre des douze, l'idée de Raspoutine de faire venir quelques escouades de Loups auprès de lui était brillante, puisqu'ils pouvaient agir plus rapidement en étant sur place.

En conclusion, les Loups des troisième et quatrième générations n'avaient rien à reprocher au magistère, si ce n'était un manque d'intérêt marquant pour la vie monastique et retirée de l'ordre. Raspoutine était, certes, moins sérieux que feu Gregori Bogdanovitch, mais, à sa façon, il était tout aussi efficace.

L'assemblée avait conclu en disant que le sénéchal avait également été un heureux choix du prieur et que tout fonctionnait parfaitement bien en son absence. Le sujet était clos.

— Tu ne réponds pas à ma question, reprit Stanislav. Tu fais un excellent travail et nous en sommes tous très satisfaits, crois-moi, mais n'as-tu pas l'impression d'être un pion qui suit les ordres d'un maître absent, alors que tu pourrais très bien mener l'ordre avec efficacité et conviction ?

Arkadi plissa ses yeux sombres. Il saisissait fort bien les pensées du Chef de meute. Il savait également que Stanislav ne faisait qu'exprimer tout haut ce que la majorité des Loups pensaient en silence. Mais il ne pouvait converger dans ce sens. Il était pris entre l'arbre et l'écorce.

— Je fais ce que l'on attend de moi et ce pour quoi on m'a nommé à cette fonction. Que j'approuve ou non les agissements de Raspoutine ne regarde que moi. De toute façon, je ne crois pas que mon avis ait de l'importance. Nous avons une mission. Je travaille dans le but ultime de ne pas y faillir.

Arkadi marqua un temps d'arrêt pour plonger son regard profond dans les yeux de ses frères. Puis, il se leva, comme pour bien leur faire comprendre que l'entretien était terminé.

— Quand bien même ce défi m'intéresserait, je ne suis pas en âge de devenir Grand Maître. Je suis avant tout un Loup. Un Loup qui a à cœur la réussite de son travail. Je ne cherche pas à me mêler de politique. Et croyez-moi, ma place est plus enviable que celle de Raspoutine ou d'un autre prieur, parce que je demeure libre, libre d'agir selon mes convictions!

Arkadi fit une nouvelle pause avant de conclure:

— Nous procéderons à la troisième épreuve de nos Jeunes Loups, comme je viens de vous le mentionner. La discussion est close. Je vous invite à préparer vos protégés. Il se fait tard. Bonne soirée, mes frères!

Stanislav releva la tête en signe de défi. Bien entendu, il n'allait pas contester l'autorité du sénéchal, parce qu'il était un Loup et que, par définition, il appliquait au quotidien la ligne de conduite de tous les membres de l'ordre: Obéissance, Dévotion et Discipline. Il ne cherchait pas non plus à se mettre à dos Arkadi qu'il respectait énormément, mais le Chef de meute avait plutôt voulu exprimer sa frustration devant une réalité qu'il ne pouvait changer.

Le Chef de meute baissa finalement la tête en signe d'obéissance, tandis qu'Arkadi lui répondait par le même geste, tout aussi significatif. Les deux hommes se comprenaient et acceptaient la réponse de l'autre.

Dans un murmure, la salle se vida tandis que, dans un coin, la silhouette gracile d'Ekaterina demeurait en retrait. La femme avait assisté comme les autres à la réunion, mais elle ne s'était pas manifestée, fidèle à ses habitudes. Elle était plutôt du genre à rester à l'écart et à observer les comportements des autres. Ensuite, seulement, elle exprimait ses pensées. De plus, la jeune femme n'avait pas de protégé à qui faire passer la prochaine épreuve, elle n'avait donc pas à intervenir publiquement pendant cette rencontre.

— Ils ne sont pas contents ! lança-t-elle en rejoignant Arkadi.

— Non. Et je les comprends. Les décisions de Raspoutine ont de graves répercussions sur nos convictions. Il sème le doute parmi nous et ébranle nos certitudes. Et ça, ce n'est pas bon, pas bon du tout.

— Peut-être devrais-tu lui en faire part.

— C'est déjà fait. Il m'a répondu que son absence ne devait pas ébranler notre foi. Que si c'était le cas, c'était que nous n'avions pas notre place au sein de la confrérie. Que la foi devait se vivre intérieurement et qu'elle ne devait pas s'envisager par l'intermédiaire d'un modèle ou d'une quelconque image. Que chacun doit aller chercher en lui ses propres motivations, et que ce n'est pas au Grand Maître de motiver ses troupes.

— Un peu tranchant comme réponse, et surtout, sans grande compassion pour ses disciples…

— Oui, mais à vrai dire, elle est égale au personnage.

— Comme tu dis. Depuis toujours, Raspoutine ne semble pas tenir compte des opinions des autres

— Raspoutine ne remet jamais ses propres idées en doute. C'est un homme décidé. Il sait exactement ce qu'il veut et où il va, peu importe qui se trouve sur son passage.

Les derniers mots d'Arkadi étaient teintés d'amertume. Ekaterina lui jeta un regard en coin, cherchant à comprendre la signification cachée de cette dernière phrase, car elle saisissait là un double sens. Elle replaça une mèche de ses cheveux, qui s'était échappée de la queue-de-cheval.

— Un homme qui ne remet pas en question ses opinions est un homme dangereux, lança-t-elle.

— Tu as tout à fait raison, je partage cet avis… Mais nous ne pouvons rien y changer. Raspoutine semble faire les choses comme bon lui semble. Eh bien, à nous de nous débrouiller avec ses choix. Nous allons nous passer de lui et faire en sorte que la confiance des Loups ne s'en trouve pas amoindrie. Nous procéderons à la troisième épreuve de nos Jeunes Loups et nous continuerons de les éduquer pour en faire une relève forte et entièrement dévouée à sa tâche. Entre nous, Ekaterina, avons-nous vraiment besoin de cet homme pour faire ce que nous devons faire? Raspoutine est le Grand Maître de la confrérie, certes, mais il n'en est pas l'âme. Nous pouvons encore nous passer de lui, comme nous le faisons depuis des années maintenant. Et, tu sais, la mission continuera bien après lui. À nous de former la relève. Agissons au lieu d'attendre.

Chapitre 6

— Cinquante deux, cinquante-trois, cinquante-quatre, cinquante-cinq…

— Bonne chance, petit !

— Cinquante-sept, cinquante-huit, cinquante-neuf….

L'enfant entendit clairement son père adoptif s'éloigner vers sa droite. Ses pas, bien que légers, faisaient craquer les branches mortes et les épines de sapin qui parsemaient le sol. Et, bien qu'il eût les yeux bandés, il avait la très nette impression de voir son environnement.

Il se trouvait au cœur d'une épaisse forêt de feuillus et de conifères, à bien des kilomètres du monastère. Il en reconnaissait les odeurs : un mélange de sapinage, d'écorce, de terre, d'humidité, de champignons et d'herbes sauvages. Une odeur légèrement sucrée qu'il avait si souvent humée, lors de ses rares escapades avec Arkadi.

Celui-ci aimait se retrouver dans les bois, où il affirmait être chez lui. Viktor se souvenait fort bien d'une de ces balades, justement par un beau jour de printemps comme celui-ci. Son père lui avait parlé de ses propres origines. Le fils adoptif de Gregori ne connaissait pas grand-chose de son passé, seulement qu'il était né dans les Carpates, en Slovénie, mais il avait la certitude qu'il avait vu le jour dans une forêt. Viktor, encore petit, ne le lui avait jamais révélé, mais il avait toujours eu cette même conviction : la maison de ses parents devait se situer dans une forêt, puisque chaque fois qu'il sentait les odeurs des bois, il les trouvait réconfortantes. Elles éveillaient en lui un sentiment apaisant, situé quelque part entre la sérénité et le bien-être.

Cette forêt-là, où il serait abandonné, comme ses frères et sœurs, pendant trois jours, se trouvait bien loin de tout, là où peu de gens se rendaient, là où la nature régnait encore en maître. La distance séparant ces bois du plus proche village, plus de trente kilomètres, justifiait leur choix. Personne ne venait jamais dans ces lieux, si ce n'étaient les Loups eux-mêmes et quelques trappeurs et braconniers.

— Quatre-vingt-huit, quatre-vingt-neuf, quatre-vingt-dix…

Viktor devait compter jusqu'à cent, avant de pouvoir retirer le bandeau qui lui couvrait la vue. Il savait, il le ressentait, qu'il était maintenant seul. Arkadi était déjà loin de lui, à présent. Du moins physiquement, parce que l'enfant sentait très bien l'esprit de son père à ses côtés. Il sentait sa force et sa volonté de le voir réussir.

— Cent.

Lentement, d'un geste un peu hésitant, Viktor dénoua l'écharpe qui lui masquait les yeux. Il cligna plusieurs fois des paupières, le temps de s'habituer à la lumière.

Depuis le matin même, depuis l'instant où les enfants s'étaient réveillés, aux aurores, on leur avait mis un bandeau sur les yeux pour ensuite les faire descendre dans la cour intérieure du monastère, où ils étaient demeurés pendant près d'une heure, sans parler et sans bouger.

Aucun petit-déjeuner, aucune gorgée de lait chaud ou de thé, aucun brin de toilette ne leur fut accordé. Rien. L'épreuve débutait dès le réveil et elle se poursuivrait pendant trois jours et deux nuits. Sans aucune explication, dans un silence profond, sans qu'aucune parole ne fût échangée entre les Chefs de meute, les enfants furent mis en selle derrière leur père adoptif pour partir aussitôt au galop vers l'endroit où ils seraient abandonnés, le temps de leur nouvelle épreuve. Là, pendant ces trois jours et ces deux nuits, les recrues devraient survivre, seules, en forêt.

Arkadi, à l'instar de ses frères, n'avait pas ouvert la bouche durant tout le trajet qui avait duré plus d'une heure. Chaque Chef de meute avait pris une direction différente pour mener les quatorze apprentis dans des endroits précis et assez éloignés les uns des autres. Un enfant par lieu choisi. Durant l'épreuve, aucun contact entre eux n'était possible. Ils étaient laissés seuls, face à eux-mêmes et face à la nature, dans un dénuement total. Simplement vêtus d'un pantalon et d'une veste en daim, et chaussés de bottillons en cuir, les novices ne possédaient rien d'autre. Ni nourriture, ni eau, ni couteau, ni briquet, ni couverture, juste leurs connaissances et leur volonté de réussir. Ils devraient passer ces longues heures à tenter de survivre à leur environnement et à leurs peurs. Car ils y seraient forcément confrontés.

Viktor fit un tour sur lui-même pour repérer un endroit où il pourrait s'abriter pendant les soixante prochaines heures. Une belle et vieille forêt, plusieurs fois centenaire, où la végétation s'était développée harmonieusement. Le bois était dense, composé d'arbres gigantesques dont certains se couvraient de mousse, conférant ainsi aux lieux un aspect féerique. Pour qui croyait aux mondes fantastiques, l'endroit était tout indiqué pour des rencontres fantasmagoriques.

Ce fut au pied d'un chêne énorme et vieux d'au moins cinq cents ans, selon Viktor, que le gamin décida d'aménager un petit coin qui lui servirait d'abri durant son épreuve.

Les racines du chêne offraient de généreuses protubérances et recouvraient, ou plutôt se fusionnaient à un surplomb de pierre, un abri-sous-roche*, couvert lui aussi de mousse, qui présentait un renfoncement intéressant. L'enfant savait que la première chose à faire était de se préparer un abri pour la nuit, car, à cette période de l'année, l'obscurité venait rapidement.

Il se souvenait parfaitement des précieux conseils de son père et mentor. Il ramassa de fines branches et des rameaux, puis nettoya l'aire nichée sous le rocher, chapeautée par d'énormes racines qui s'entrecroisaient. La niche, à laquelle il pouvait accéder à quatre pattes, formait une alcôve peu profonde, mais qui pouvait tout de même recevoir un enfant de dix ans. Il assembla grossièrement des branches souples avec des feuilles de chêne qu'il coinça en travers des joints afin de les maintenir en place, avant de déposer son toit de fortune sur le dessus des racines, comme pour prolonger celles-ci. Pour maintenir le tout en place, il y déposa deux grosses pierres.

Viktor recula de quelques pas pour évaluer son ouvrage. Ce fut avec un demi-sourire aux lèvres qu'il conclut que ce serait bien, tant et aussi longtemps que la température demeurerait clémente. Mais un grondement lointain vint anéantir ses espoirs, et il se prit à espérer que son abri serait efficace lorsque la pluie s'abattrait sur lui.

Le gamin leva les yeux au ciel pour voir, entre la cime des arbres, de gros nuages menaçants se grouper. L'orage n'était pas très loin. L'enfant poussa un soupir ; il devrait faire avec. Il se mit aussitôt en quête de brindilles mortes, de mousse séchée et de ce qui lui était nécessaire pour allumer un feu. Il savait comment faire. Il l'avait appris. Mais encore fallait-il qu'il déniche les éléments requis. Le silex et la pyrite seraient peut-être moins évidents à trouver, mais il ne devait pas désespérer. Pas tout de suite.

Le temps passait à une vitesse stupéfiante. Déjà, la lumière se faisait moins précise. Le Jeune Loup, malgré ses craintes de ne pouvoir faire de feu avant la nuit, appréciait le fait que l'orage ne se fût pas encore déclaré. Il commençait également à avoir faim. On était au printemps, donc heureusement, la forêt offrait déjà quelques variétés de champignons et de baies sauvages.

Viktor se demanda, avant de frotter deux pierres entre elles, comment Sofia se débrouillait de son côté. Il ignorait, bien évidemment, où elle se trouvait, mais il espérait que la fillette saurait s'en tirer. La gamine était, certes, effrontée et téméraire, et spontanément le garçon avait eu cet instinct de la protéger depuis cette nuit où ils avaient passé leur première épreuve ensemble. Le rapprochement de leurs deux petits corps avait engendré le peu de chaleur qui leur avait permis de ne pas fléchir, mais il avait surtout tissé entre eux des liens que le temps n'avait que renforcés. Les deux enfants étaient, depuis cette première épreuve, liés à la vie à la mort. Les petits secrets et la connivence formaient le ciment de leur amitié.

Viktor frappa les deux pierres l'une contre l'autre, à répétition, en priant intérieurement pour qu'elles produisent quelques étincelles. Il dut répéter son exercice à maintes reprises et, plus d'une fois, il s'écrasa le bout des doigts.

Excédé, il jeta au loin l'une des deux pierres, avant de s'apercevoir de sa bêtise. Il devait maintenant la retrouver dans les buissons, alors que l'obscurité avait commencé à envahir les lieux. À quatre pattes, il chercha à tâtons le morceau de pyrite, tout en maudissant son geste stupide.

Il était sur le point de se décourager quand ses doigts rencontrèrent enfin le caillou si précieux. Il le ramassa, soudain rassuré et heureux. Sans perdre une seconde, il revint vers le nid qu'il s'était construit lorsque quelques gouttes vinrent d'écraser avec violence sur sa tête. L'ondée fut fulgurante, et Viktor se retrouva aussitôt trempé de la tête aux pieds. Il n'eut même pas le temps de se réfugier dans son abri de fortune.

Accablé, il regarda s'humecter son aire de combustion, avec son assemblage de brindilles et de mousse, tout en comprenant qu'il passerait sa première nuit trempé et sans feu pour se réchauffer. L'enfant sentit sa vue se brouiller de larmes, mais il se ressaisit.

— Je ne dois pas me décourager parce que je suis mouillé et que je vais dormir sans feu… Non, non, non ! Je dois être plus fort que ça ! Je suis sûr que Sofia y parviendra. Si elle le peut, je le peux aussi !

Viktor se faufila dans son refuge pour se recroqueviller sur lui-même. Son corps était à l'abri de la pluie, mais cet espace au sec était trop étroit pour lui permettre de se retourner. L'enfant ferma les yeux, pensant que le sommeil viendrait rapidement. Il était si fatigué.

Il songea que la journée du lendemain serait belle et ensoleillée et qu'il pourrait mieux se préparer à la nuit suivante. Il faisait des plans et envisageait avec excitation les activités qui l'occuperaient tout le jour. Il commencerait par grignoter les baies qu'il avait ramassées et qui se trouvaient près de lui, ensuite il allumerait un bon feu devant lequel il ferait sécher ses vêtements. Et puis, il tenterait de poser un piège avec l'écharpe qui avait servi à lui bander les yeux durant le trajet entre le monastère et la forêt. Oui, demain serait meilleur, il en était convaincu.

Le gamin essaya tant bien que mal de s'étirer et de trouver une position un tantinet confortable, mais l'étroitesse des lieux rendait la tâche impossible. Il ne souhaitait qu'une chose : s'endormir. Mais son coin, bien que sec, n'offrait aucun confort. Il sentait dans ses côtes et son dos poindre quelques solides racines, et l'humidité de ses vêtements rendait sa position inconfortable. Le daim mouillé, allié à sa position recroquevillée, gênait sa circulation sanguine et engourdissait ses membres.

Malgré son immense fatigue, Viktor ne parvenait pas à trouver le sommeil. Les yeux ouverts sur la nuit, le regard perdu, l'enfant se forçait à ne pas perdre espoir. Il n'était là que depuis le matin. Ce n'étaient pas ces quelques difficultés qui allaient venir à bout de lui. Il était un Loup, et un Loup était un être à part. Un être qui se distinguait des autres par sa force mentale et physique.

— Je vais réussir cette épreuve. Je sais que je peux le faire. Viktor, tu vas dormir et oublier tes vêtements mouillés, les racines qui te triturent le dos et la pluie. Tu es capable de le faire. Tu peux et tu dois faire abstraction de ces choses. Concentre-toi et oublie.

Mais la pluie ne cessait de tomber et, à travers le branchage de son toit de fortune, le gamin apercevait le rideau d'eau qui s'abattait à l'extérieur.

« Heureusement, songea-t-il, mon espace, même étroit, n'est pas mouillé. En est-il de même pour les autres ? Sofia s'est-elle trouvé un abri pour la nuit ? Est-elle parvenue à se faire un feu avant l'averse ? »

Lentement, et après quelques sursauts, Viktor finit enfin par sombrer dans le sommeil. Le bruit régulier de l'eau et le silence ambiant avaient enfin eu raison de son inquiétude.

Le grognement sembla lointain et son impression, irréelle. Rêvait-il? La pluie avait cessé. Il pouvait presque sentir l'odeur d'un morceau de viande qui grillait tranquillement sur une broche. Le feu crépitait et Arkadi l'attisait avec le bout d'un bâton...

Viktor voulut se lever pour le rejoindre, trop heureux de le voir là, mais il se sentait coincé, comme entravé par les racines de l'arbre sous lequel il avait trouvé refuge. Il voulut demander de l'aide à son père adoptif, mais lorsqu'il leva son regard vers l'aire de combustion, il n'y avait plus rien. Tout avait disparu, le feu, le morceau de viande qui grillait et le Chef de meute.

Le rêve avait fait place à la pluie qui continuait de tomber avec force. Plus rien ne subsistait de sa vision. L'obscurité avait de nouveau envahi son abri. La seule chose qui restait était ce grognement menaçant et cette odeur répugnante. Il avait d'abord confondu cet effluve avec l'arôme de la viande qui grillait sur le feu, mais plus il se réveillait, plus ses sens s'affinaient, et plus il réalisait que l'émanation en question était infecte et directement liée au bruit peu rassurant qu'il entendait tout près de lui.

Viktor comprit soudain qu'un animal se trouvait à ses côtés. Tout près. Il ne pouvait pas le voir à cause de l'obscurité, mais il devinait parfaitement sa présence. Il pouvait presque toucher du bout des doigts sa fourrure mouillée. Terrifié, l'enfant se tassa un peu plus sur lui-même. La bête savait-elle qu'il se trouvait là? Bien entendu! C'était un animal et, par définition, il n'avait pas besoin de voir pour savoir. Il sentait les choses instinctivement, contrairement à l'homme.

Le Jeune Loup sentit la panique l'envahir. Que devait-il faire? Arkadi se doutait-il que son protégé se trouvait en danger? Ses pensées se bousculaient. Il passait d'une idée à l'autre et était incapable de se calmer. L'affolement le gagnait, lorsque soudain il s'aperçut qu'il était de nouveau seul. La bête était partie, et l'odeur pestilentielle s'estompait graduellement.

L'enfant poussa un profond soupir de soulagement, réalisant alors seulement qu'il avait une forte envie d'uriner. La peur avait déclenché ce besoin. Il hésita. Devait-il sortir de sa cachette? La bête l'attendait-elle à l'extérieur, prête à lui sauter dessus et à le dévorer?

Pétrifié par la peur, Viktor demeura ainsi prostré pendant de longues minutes, ne sachant que faire ni penser. Mais l'envie devenait insupportable. Il fallait qu'il se soulage, ça devenait urgent. Sans quitter sa tanière, mais en arquant le dos, Viktor urina en projetant le jet brûlant le plus loin possible hors de son abri.

Il va sans dire qu'il fut très long à se rendormir, l'esprit et l'oreille aux aguets, avec la crainte presque palpable de voir ressurgir la bête inconnue. Car à défaut de savoir ce qui s'était trouvé à ses côtés, le Jeune Loup envisageait un monstre innommable et, bien évidemment, horrible et sanguinaire.

Le moindre bruit le faisait sursauter et la peur nouait son ventre au point de lui donner des crampes. Mais tranquillement, l'épuisement finit de nouveau par l'emporter. Et ce fut sans s'en rendre compte qu'il retomba dans le sommeil.

Lorsqu'il rouvrit les yeux, quelques heures plus tard, une lueur blafarde lui fit comprendre que la pluie n'avait pas cessé et, par conséquent, que la journée ne s'annonçait pas facile.

Viktor referma avec lenteur ses paupières encore lourdes de fatigue. Il devait trouver au fond de lui la force de traverser cette épreuve. Il songea, dans un premier temps, à demeurer là, caché dans sa tanière à attendre qu'Arkadi revienne le chercher. Qui saurait alors qu'il avait manqué de courage et qu'il avait failli faire pipi dans son pantalon? Personne!…

— Moi! s'écria-t-il soudain à voix haute. Moi, je saurai que je n'ai pas été à la hauteur. Toute ma vie, je traînerai avec moi cette honte que je tenterai toujours de cacher. Non, Viktor, tu es un Loup! Lève-toi et agis!

Inspirant un grand coup, le jeune garçon finit par s'extirper à quatre pattes de son trou et se retrouva les deux mains dans une flaque d'eau, dans laquelle il devina avoir uriné au cours de la nuit.

C'était évident ; la poche s'était formée à la sortie de son repaire à cause de la pluie et de l'écoulement de l'eau depuis la paroi des rochers. Il ferma les yeux, découragé. Tant pis. De toute façon, avec toute cette eau qui était tombée, l'urine s'était, depuis longtemps maintenant, complètement diluée.

Se tournant de nouveau vers sa cache, le garçon chercha de la main les feuilles de chêne sur lesquelles il avait posé les quelques baies qu'il avait ramassées la veille, mais il ne trouva rien, si ce n'est quelques feuilles salies. Il comprit aussitôt que la bête qui lui avait rendu visite durant la nuit avait dévoré ses fruits, son maigre repas. Il lui fallait donc chercher autre chose à manger.

Les épaules basses, le moral dans les chaussures, Viktor, humide de la tête aux pieds, grelottait de froid. De nouvelles trombes d'eau s'abattirent sur la forêt, sans lui laisser le temps de regagner son abri.

Complètement trempé et désespéré, le gamin partit tout de même à la recherche de quelque chose à se mettre sous la dent. Il devait manger. Après, il pourrait penser à ce qu'il allait faire. Son estomac criait famine et cela l'empêchait de réfléchir intelligemment. Il se mit en marche, tournant autour de son campement — si l'on pouvait appeler cela un campement, évitant de s'éloigner de sa tanière. Car même si l'enfant se sentait dépourvu, il disposait tout de même d'un lieu où dormir et où se réfugier.

L'idée de passer la nuit suivante à la belle étoile, sous une pluie torrentielle, à la portée des crocs d'une bête féroce, lui donnait des vertiges. Viktor se doutait que si son visiteur ne l'avait pas attaqué la nuit précédente, c'était probablement parce qu'il ignorait lui aussi à quoi ressemblait son adversaire et quelle taille cet autre animal pouvait avoir. Ses grognements n'avaient servi qu'à tenir éloigné ce rival qui se terrait dans l'abri.

Il avait faim, trop faim. Il se mit à penser aux petits-déjeuners du monastère qu'il avait si souvent critiqués en riant. Il aurait bien pris un bol de ce *kasha** sans saveur qu'on leur servait chaque matin et il s'en serait régalé. Il pouvait presque sentir l'odeur tiédie des *kalatchi**, et leur évocation lui mettait l'eau à la bouche.

Après un moment de recherches infructueuses, Viktor tomba enfin sur un arbuste à petits fruits. La plupart n'étaient pas mûrs mais le garçon n'en eut cure. Il les dévora tous. En quelques instants, il ne restait rien ! Il en aurait mangé plus, mais il pensa qu'il devait maintenant trouver le moyen de se réchauffer. Il en chercherait d'autres plus tard.

En soulevant de vieilles souches et en explorant les renfoncements naturels, il découvrit de la mousse séchée, des brindilles et des branchettes qui n'étaient pas mouillées. Il transporta son précieux butin jusqu'à sa cache où il se faufila.

Se tassant le plus possible dans l'encoignure, il entreprit, dans le recoin opposé, de faire son feu, là, à ses côtés. Au moins il aurait chaud, pensait-il. Il n'aurait qu'à dormir assis. De toute façon, la position ne serait pas moins inconfortable que s'il s'allongeait.

Avec patience et attention, le Jeune Loup passa près d'une heure à tenter d'allumer son feu. Il noua autour de ses doigts en sang le bandeau qui avait servi à lui obscurcir la vue. Après de longues minutes d'efforts, enfin, une légère fumée grisâtre s'éleva au-dessus de ses brindilles.

De ses doigts sales et meurtris, il ramassa la petite touffe qu'il avait préalablement formée et se mit à souffler doucement dessus. Enfin, une flamm-mèche s'anima pour aussitôt incendier les herbes séchées. Viktor alimenta rapidement son petit feu de quelques branchettes. Ce fut les yeux remplis de larmes qu'il regarda les flammes grossir.

Edmonton Public Library
Lois Hole
Express Check #2

Customer ID: **********0750

Items that you checked out

Title: La naissance et la force
ID: 31221096993394
Due: 26/07/2019

Title: Le courage et l'humilit ⊢®
ID: 31221096031112
Due: 26/07/2019

Total items: 2
Account balance: $0.00
05/07/2019
Checked out: 2
Overdue: 0
Hold requests: 0
Ready for pickup: 0

Thank you for visiting the Edmonton Public
Library

www.epl.ca

Pour des conseils : **bureaudelaconcurrence.gc.ca/fraude**
For more tips, check **competitionbureau.gc.ca/fraud**

Canadä

Bureau de la concurrence
Canada
Competition Bureau
Canada

Les vraies entreprises de soutien
technique ne vous appelleront pas
à l'improviste.

Legitimate tech support companies
won't call you out of the blue.

CHAPITRE 7

La fumée envahissait son repaire et Viktor agitait les bras pour la chasser vers l'extérieur. Après quelques instants, le feu, correctement pris, crépitait devant le garçon totalement ébahi. Il était si fier de lui. Il demeura là, à contempler son œuvre, pendant de longues minutes, le temps nécessaire pour que la chaleur se propage à tout son petit corps. Une agréable sensation le traversa et, pendant un instant, il fut presque bien.

Ses pensées allèrent alors vers cette prédilection qu'avaient les Loups pour le froid. Il songea que les épreuves qu'ils avaient passées, lui et ses frères et sœurs, jusqu'alors, se faisaient toujours en hiver et au printemps. Cette constatation le fit sourire. À cet instant précis, il comprit qu'il avait franchi une étape. Il savait maintenant qu'il réussirait cette épreuve, car il avait surmonté ses peurs et surtout son envie de tout arrêter et de demander secours à son père adoptif.

La pluie commença à se faire moins violente, et l'enfant pensa qu'il était temps pour lui d'aller à la recherche de quelque chose à manger. Pour ce qui était de boire, il avait trouvé le moyen de récolter de l'eau de pluie. Une cavité naturelle s'était formée dans le creux d'une branche, ce qui lui permettait d'accumuler assez d'eau pour le contenter. Il garda précieusement la branche qu'il jugea semblable à une louche. Il alimenta soigneusement son feu avant de ressortir de son antre. Viktor était fier de lui. Il regarda un instant son installation et comprit alors tout le sens de cette épreuve.

Elle n'était pas terminée, certes, mais elle représentait pour lui quelque chose d'incroyable qu'il avait accompli seul. Lorsqu'il reverrait son père, le lendemain, ce serait en fils digne. Il n'allait plus faillir.

La journée se déroula rapidement. Viktor était parvenu à trouver, près d'une clairière, des vignes sauvages aux fruits surets et quelques champignons. Il était également arrivé à attraper un hérisson au collet, grâce à l'écharpe qu'il possédait. La capture de l'animal le propulsa au comble du contentement. Jamais il n'avait éprouvé une telle satisfaction devant sa réussite et, même si l'idée de tuer l'animal le rebutait, il s'exécuta, car la nécessité de manger l'emportait sur ses sentiments. Il se promit de se racheter lorsque l'occasion se présenterait en sauvant la vie d'une autre bête.

Les épaules en arrière, la fierté au front, avec l'âme d'un vainqueur, Viktor ramena sa prise au campement. Pour cuire son repas, le garçon prépara un second feu de camp à l'extérieur de son abri qu'il jugeait trop étroit pour ce genre de choses. Il l'embrocha avant de le suspendre au-dessus du feu qui crépitait. Ses vêtements étaient presque secs, et il lui sembla alors que son aventure n'avait pas été si terrible.

Une douce odeur de grillade se répandit et vint lui chatouiller les narines. Il salivait à l'idée de planter ses dents dans la chair blanchâtre de l'animal. Il avait si faim. Les quelques baies et champignons grignotés n'avaient fait qu'apaiser les plaintes de son ventre affamé. Il songea que s'il avait eu une marmite, ces mêmes champignons et ces petits fruits auraient certainement rehaussé le goût de son festin.

Du bout de ses doigts maculés et blessés, le gamin tira un morceau de la chair du hérisson, qui se détacha facilement. Il se pourlécha les lèvres; la viande était cuite. Il saisit de ses deux mains la branche qui lui avait servi de broche pour la cuisson et planta aussitôt ses dents dans la chair chaude et humide de l'animal, qui ressemblait à celle du poulet. Il avala les premières bouchées sans même prendre le temps de les mâcher, tant il avait faim. Le jus contenu dans la chair coulait sur son menton et venait se perdre dans le col de sa veste. Viktor se goinfrait comme un malappris, oubliant toutes bonnes manières. Le fait de se conduire comme un goujat le mettait de très bonne humeur. Le garçon savourait ce moment lorsqu'une drôle d'odeur vint se placer entre lui et son morceau de viande. Un effluve nauséabond, très fort, accompagné d'un grognement. Ces deux éléments freinèrent soudain la gaieté du garçon.

Ce grognement, il le reconnaissait. C'était le même que celui qu'il avait entendu la nuit précédente. Lentement, la peur au ventre, l'enfant tourna la tête vers la droite. À moins de dix pas de lui, un animal de la grosseur d'un chien et aux allures d'un ourson l'observait, les babines retroussées sur des canines acérées. Sa tête était large et ses oreilles courtes. Son museau, qui frémissait agressivement, était allongé. Le reflet des flammes sur son poil faisait ressortir des bandes latérales jaunâtres qui striaient sa fourrure brun foncé, presque noire. Ses pattes, larges, pourvues de cinq doigts, laissaient dépasser ses impressionnantes griffes semi-rétractiles.

— Je rêve! murmura Viktor pour lui-même, abasourdi.

Mais non, il ne rêvait pas. À quelques pas de lui se tenait un carcajou*, menaçant, prêt à sauter sur son repas. L'enfant demeura immobile. Il connaissait la réputation de cette bête presque mythique qui alimentait les légendes. Il savait que ce petit prédateur aux allures si mignonnes de nounours était en réalité féroce et très agressif. Il avait entendu les histoires qui circulaient sur ce mustélidé. Celui-ci n'hésitait pas à s'en prendre à des proies beaucoup plus grosses que lui. Il n'était pas rare qu'un carcajou attaque un cerf ou un renne.

Le Jeune Loup repensa alors à la présence près de lui, la nuit d'avant. Il comprit qu'il avait eu énormément de chance, probablement, comme il l'avait déjà compris, parce que le carcajou n'avait pas pu évaluer son adversaire. Maintenant qu'ils se trouvaient face à face, l'enfant se demanda comment il allait parvenir à se sortir seul de cette impasse.

Par réflexe, il lança sa pitance à demi entamée à l'animal, qui l'attrapa d'un coup de mâchoires et l'engloutit en trois bouchées. Pendant ce temps, Viktor s'était muni d'une branche enflammée qu'il brandissait devant lui.

Le carcajou continuait de grogner et il balançait, tel un ours, sa tête de gauche à droite. Le Jeune Loup avait deviné que l'animal allait attaquer et, instinctivement, il se prépara à avoir mal. L'attaque fut soudaine et rapide. La bête s'élança sur le garçon, la gueule ouverte. Par réflexe, Viktor tendit son bras droit pour se protéger le visage. Les crocs acérés se refermèrent sur son membre et une douleur atroce se répandit dans tout son corps. Viktor poussa un hurlement tout en cherchant à atteindre le carcajou avec sa branche enflammée.

Mais l'animal se trouvait trop près de lui. De ses puissantes pattes, il s'agrippait solidement à son bras.

Viktor perdit l'équilibre. Les deux adversaires roulèrent ensemble sur le sol. Le carcajou rugissait hargneusement, tandis que le Jeune Loup lui hurlait des insultes. Le combat était inégal. Viktor comprenait qu'il n'était pas de taille. Il cherchait bien plus à se défendre qu'à attaquer le mustélidé enragé.

Le carcajou, toujours solidement accroché à son bras, resserrait l'étau de sa gueule. La douleur devint presque insupportable pour Viktor. Incapable de parer les attaques de la bête, l'enfant se faisait taillader la chair à coups de griffes acérées.

Ce fut alors que Viktor eut une vision. Devant ses yeux, il revit Arkadi user de son don pour calmer le cheval dans l'écurie. Il se revit lui-même expérimenter ce talent sur son mulot.

Sans réfléchir davantage, Viktor plongea en lui-même, au plus profond de son être, pour aller quérir la force nécessaire. Il devait se concentrer, même si la douleur était intenable et qu'il se sentait défaillir.

Tranquillement, il laissa retomber la tension, relâchant la pression qu'il exerçait sur l'animal, tandis que la bête, elle, gagnait du terrain. Viktor savait que c'était sa seule chance de s'en sortir. Et, bien qu'à ce jour l'expérience se fût toujours avérée un fiasco, il fallait qu'il tente encore une fois la chose et, surtout, qu'il réussisse.

Le Jeune Loup, probablement à cause de l'adrénaline qui venait de l'envahir et de la gravité de la situation, se surprit lui-même en constatant à quel point il lui était facile d'entrer dans l'esprit de l'animal. Il se voyait par les yeux du carcajou. Il percevait même dans sa bouche le goût de son propre sang. Il était le carcajou. Son cœur battait à tout rompre et son sang affluait à sa tête lorsqu'une vive lumière irradia son esprit. Viktor perdit connaissance.

Gregori le regardait de ses yeux gris cendré. Il lui sourit, et son visage s'éclaira de bien-être.

— Maître Gregori… Que je suis heureux de vous revoir. Suis-je mort ?

— Non, pas encore.

— Vais-je mourir ?

— Un jour.

— Où suis-je, alors ?

— Dans ce que l'on appelle les limbes, un endroit situé entre la réalité et le rêve.

— Donc, je suis endormi, je rêve ?

— Pas tout à fait, Viktor. Tu es inconscient et ton esprit cherche la force nécessaire pour assurer la survie de ton corps.

L'enfant regardait autour de lui, mais il ne voyait rien. Tout n'était que brouillard.

— Tu dois repartir, Viktor. Ta vie ne s'arrête pas là. Tu viens de franchir un pas important pour le développement de ton esprit et je suis très fier de toi. Tu t'en sortiras, si telle est ta volonté. Mais, crois-moi, ta vie n'est pas terminée. Tu as encore de grandes choses à accomplir. Tu dois rejoindre ceux qui t'aiment et qui ont confiance en toi. Réveille-toi, maintenant.

Viktor sentit la fraîcheur de l'eau lui purifier le visage. La pluie avait repris. Il avait froid et grelottait de la tête aux pieds. Des picotements intenses le firent grimacer. Il lui semblait impossible de déterminer d'où venait la douleur qu'il ressentait dans tout le corps. Il ouvrit difficilement les yeux, réalisant alors que la nuit était tombée. Son feu était éteint et ses vêtements, de nouveau mouillés. Il sentit l'eau couler directement sur son corps et en suivre les courbes à travers ses vêtements lacérés.

Lentement, il redressa la tête, qui lui semblait peser une tonne et lui faisait atrocement mal. Son sang martelait ses tempes avec violence. Il voulut soulever son bras droit, mais la douleur qu'il ressentit lui arracha un cri. Viktor se laissa lourdement retomber sur le sol détrempé et se mit alors à pleurer, comme l'enfant qu'il était. De profonds sanglots se perdirent dans sa poitrine et s'égarèrent dans la nuit comme une longue plainte.

Il appela Arkadi et eut l'impression de hurler son nom, mais en réalité aucun son ne sortait de sa bouche. Il ne souhaitait plus qu'une chose : rentrer chez lui. Viktor ne voulait plus être un Loup, mais simplement un enfant qui aurait une vie ordinaire. Pour la première fois de son existence, il se mit à penser à sa mère qu'il ne connaissait pas et dont il ignorait tout. Comme il aurait aimé qu'elle se trouve là, à ses côtés. Il avait vu, en observant les domestiques qui vivaient au monastère, les liens particuliers qui unissaient ces mères à leurs enfants. Et bien souvent, il les avait enviés, même si parfois ceux-là recevaient des coups de bâton. Même dans ces moments-là, il devinait les liens qui marquaient leur filiation. Sa mère, dont il méconnaissait jusqu'au nom, ne pouvait être que bonne. Ses pensées glissèrent vers Ekaterina. Elle aussi n'était que bonté, et il l'aimait.

Viktor pleurait et ses larmes se mêlaient aux gouttes de pluie qui venaient s'écraser sur son visage dont les plaies ne cessaient de saigner. Son abattement dura de longues, très longues minutes durant lesquelles il se laissa totalement aller. Il était épuisé, déprimé et mal en point. Puis, tranquillement, il arrêta enfin de sangloter.

Les yeux ouverts, il regarda la pluie strier le ciel. Pendant un bon moment, il demeura ainsi prostré, l'esprit ailleurs, comme s'il avait quitté son corps brisé. Il avait l'impression de le survoler et de ne plus ressentir le mal qui l'envahissait. Était-il en train de mourir ? Pourtant, il ne s'éloignait pas de ce corps blessé, il le fixait avec attention, comme on observe une chose étrange. En son for intérieur, quelque chose lui insufflait l'envie de se battre, mais il referma une nouvelle fois ses yeux bleu ciel et demeura allongé dans la boue, immobile, comme s'il refusait d'écouter cette petite voix. Abattu.

Les secondes se transformèrent en minutes, durant lesquelles Viktor ne bougea pas. Seul son esprit semblait encore vivant. Pourtant, il savait qu'il devait se mettre à l'abri, qu'il devait faire quelque chose. Il ne pouvait demeurer là, étendu dans la boue en plein milieu de nulle part. Peut-être son feu brûlait-il encore dans son repaire ? Il repensa soudain au carcajou. Où était passée cette bête ? Attendait-elle, à ses côtés, qu'il bouge pour lui sauter dessus et l'achever ? Guettait-elle ses mouvements ? Intrigué, le garçon tenta de se redresser une nouvelle fois, en se disant que si l'animal soulageait définitivement ses souffrances, cela ne serait pas plus mal. Mais il ne vit rien et surtout il ne sentit rien. Pas d'odeur dénonçant la présence proche du mustélidé.

Son esprit se rebella contre l'abandon face à la mort et, dans un ultime effort, Viktor se traîna sur les genoux jusqu'à son abri. Son bras droit, collé à son corps, lui causait une douleur insupportable à chaque mouvement et lui arrachait d'horribles plaintes. Lorsqu'il parvint après des efforts surhumains à sa tanière, il fut quelque peu réconforté de découvrir que son feu, presque éteint, conservait encore quelques braises. Il les alimenta de brindilles jusqu'à ce que les flammes réclament des branches.

Le feu réanimé, Viktor se recroquevilla sur lui-même et sombra presque aussitôt dans une sorte de demi-conscience. Un état agité, fiévreux, dans lequel les attaques du carcajou se répétaient à l'infini.

Les voix lui semblaient lointaines. Il les entendait, mais ne parvenait pas à comprendre ce qu'elles disaient.

« Dans quelle langue s'expriment-elles ? » se demanda-t-il, incapable d'ouvrir les yeux pour regarder autour de lui.

Des mains parcouraient son corps blessé, tandis qu'il sentait de l'eau fraîche s'écouler doucement dans sa gorge enflammée. On lui parlait, il reconnaissait la voix douce de cette femme, mais était incapable de lui répondre. Il sombra de nouveau dans sa léthargie.

— Il s'est évanoui, confirma la voix féline d'Ekaterina qui était penchée sur le garçon. Il est très mal en point. Toutes ces blessures et ces griffures… C'est incroyable qu'il soit toujours en vie.

La Louve appliquait des onguents sur les plaies de Viktor avant de les protéger de bandes de tissu propres.

— Est-il transportable ? demanda Arkadi à ses côtés.

Son timbre de voix était marqué de sentiments troubles et ses yeux trahissaient son émotion.

Lorsqu'il avait découvert son fils adoptif tapi dans son repaire et qu'il était parvenu à l'extirper de sa cachette, le Loup avait eu un choc en voyant le corps lacéré de l'enfant. Son visage était en sang et son bras droit, en lambeaux. Ekaterina avait aussitôt administré au garçon une drogue afin d'apaiser sa douleur et de calmer son esprit fiévreux. Ensuite, elle avait commencé à nettoyer ses plaies pour voir l'ampleur des dégâts. La pluie avait cessé et le soleil daignait enfin se montrer, comme pour mettre un terme à cette pénible épreuve de survie.

Viktor était mal en point. Le carcajou lui avait littéralement déchiré le biceps droit. La chair sanguinolente était souillée, ce qui n'augurait rien de bon, pensait la femme tandis qu'elle tentait d'immobiliser le bras après l'avoir nettoyé. Mais le pire, songeait la Louve, était son visage. Le garçon resterait assurément marqué. Le côté gauche de sa tête s'ornait de trois profonds sillons parfaitement alignés qui partaient de son œil, effleuraient l'oreille et descendaient jusqu'à son cou. Par chance, l'enfant ne perdrait pas la vue ; les griffes du carcajou n'avaient pas touché le globe oculaire. Sur son torse et dans son dos, les mêmes écorchures rayaient sa peau tendre d'enfant. Ekaterina retenait ses pleurs, mais elle sentait qu'elle ne pourrait pas tenir bien longtemps. Le spectacle était épouvantable. Elle détestait ces épreuves qu'elle jugeait totalement barbares.

— Nous devrons le transporter sur un brancard, mais avant, il faut attendre qu'il se réveille. Nous ne pouvons le déplacer maintenant, ce serait trop risqué.

Arkadi donna des ordres afin qu'un frère lai* reparte au monastère pour y chercher une *troïka**.

Et ils demeurèrent là, aux côtés de Viktor, à l'entourer des meilleurs soins possible, à attendre pendant des heures un signe de l'enfant qui, lui, errait dans le couloir de la mort.

CHAPITRE 8

Lorsqu'il entrouvrit enfin les yeux, quelque cinq jours plus tard, ce fut pour constater qu'il se trouvait dans la chambre d'Arkadi, dans le lit même de son père adoptif.

Le soleil éclairait la pièce d'une douce lumière automnale orangée, et l'enfant, soulagé de constater qu'il ne se trouvait plus dans la forêt, se rendormit presque aussitôt. Il sommeilla encore quelques heures, durant lesquelles sa détermination de s'en sortir reprit enfin ses droits sur l'abattement qui avait failli l'emporter.

Il cligna des paupières avec lenteur pour découvrir que le beau visage d'Ekaterina était penché sur lui, un sourire suspendu à ses lèvres gourmandes. Ses yeux verts et ses cheveux auburn, nimbés de la lumière dorée de la pièce, lui conféraient des airs de gravure ancienne, d'une grande beauté. Une mèche de ses cheveux vint lui caresser la joue. Intérieurement, Viktor lui envoya un sourire empreint de tendresse, comme il l'aurait fait à sa mère. Il aimait cette femme tout autant qu'il aimait Arkadi. À ses yeux, ces deux êtres formaient sa famille : son père et sa mère.

— Bonjour, Jeune Loup, dit-elle avec douceur.

Mais l'enfant ne pouvait parler, sa tête et sa mâchoire étant entièrement pansées.

— Tu ne peux pas parler, précisa aussitôt la Louve, mais tu vas vite te rétablir. Tu es déjà mieux, rassure-toi. Tu es rentré à la maison où tu es en sécurité. Tu nous as fait très peur, tu sais… Mais l'important, c'est que tu ailles mieux… J'en suis si heureuse, ajouta-t-elle, le regard troublé. Je vais chercher Arkadi. Je lui ai promis d'aller le quérir sitôt que tu battrais des cils. Je reviens tout de suite, fit-elle enfin dans un sourire.

La Louve s'éloigna comme dans un rêve et Viktor se demanda un instant s'il était bien conscient. Il ne pouvait pas bouger, mais il ne ressentait rien, aucune douleur. Peut-être était-il mort. Peut-être était-ce cela, le paradis : une impression de rentrer chez soi, un sentiment de paix et de réconfort.

Il voulut se gratter le bout du nez, mais l'impossibilité de bouger son bras lui confirma qu'il était bien vivant et que le bien-être qu'il ressentait n'avait rien de bien naturel. Il était drogué, évidemment. Ekaterina, qui connaissait les plantes et en usait avec efficacité, lui avait certainement préparé ce qu'il fallait pour contrer la douleur.

« C'est une sorcière », songea-t-il.

— Ahhh, te voilà enfin réveillé, Jeune Loup ! s'écria Arkadi en entrant dans la pièce, un large sourire aux lèvres.

Mais Viktor ne s'y trompait pas, il connaissait parfaitement son père adoptif. Cette attitude démesurément enthousiaste cachait mal toute l'inquiétude des jours passés.

— Nous sommes heureux de te retrouver parmi nous… Tu nous as flanqué une sacrée frousse, tu sais.

Arkadi prit place sur le bord du lit, près de l'enfant, avant de poser sa large main sur son épaule gauche, celle qui n'avait rien.

Viktor fit un léger mouvement de la tête.

— Tu ne peux pas parler à cause de tes bandages, mais ça ne durera pas longtemps. Laisse le temps et les bons soins de notre Ekaterina faire leur travail. Nous ne sommes pas pressés. Je devine que tu as beaucoup de choses à nous raconter, mais avant, tu dois encore te reposer, d'accord ? Tu dois te remettre, car je dois t'avouer que tu étais pas mal amoché lorsqu'on t'a trouvé. Mais nous verrons ça plus tard ! Pour le moment, tu fermes tes yeux et tu dors.

En amorçant un mouvement pour se relever, le Chef de meute ajouta :

— Je suis heureux de te revoir, mon fils. Aller, hop ! Au dodo, maintenant ! Je reviendrai dans quelques heures. D'ici là, repos, repos et repos !

Arkadi se leva. L'homme fier et digne qu'il était semblait avoir vieilli. Malgré qu'il ne fût qu'au début de la trentaine, quelques fils d'argent parsemaient déjà ses cheveux noirs. Viktor le suivit de ses yeux rougis et fatigués, il tenta, de son regard exténué, de faire comprendre à son père tout l'amour qu'il ressentait pour lui.

Le sénéchal s'arrêta net avant de se tourner vers lui.

— Moi aussi, Jeune Loup, je t'aime !

Viktor comprit alors que son père avait infiltré son esprit, probablement pour découvrir ce qui lui était arrivé durant les soixante heures qu'il avait passées seul dans la forêt. Des larmes inondèrent ses yeux bleu ciel. Il avait eu si peur.

Arkadi revint vers lui et s'approcha très près de son visage pour lui dire dans un murmure :

— Tu es à la maison maintenant, tout est fini. C'est derrière toi… tu comprends ? Tu trouveras la force de dominer ces effrayantes images qui marquent ton esprit. Je le sais, parce que tu es fort. Tu les dompteras, comme tu es parvenu à survivre seul et blessé. Nous t'aiderons, Ekaterina et moi, à maîtriser le souvenir de ces horribles heures que tu viens de vivre.

Ils s'observèrent un instant, le regard attaché l'un à l'autre par un lien très intense.

— Je te laisse maintenant, car je veux que tu dormes, que tu récupères. Ekaterina va t'y aider.

Elle a préparé quelque chose pour toi. Repose-toi, car je te veux en pleine forme. Nous avons tant de choses à discuter et à faire ensemble. Repose-toi, mon fils.

Arkadi déposa avec une extrême douceur un baiser sur le front du Jeune Loup.

Viktor demeura alité deux semaines avant de pouvoir recevoir enfin quelques visiteurs autres qu'Ekaterina et Arkadi. Ces quinze jours lui semblèrent s'étirer à l'infini. Il apprit le lendemain de son réveil que Sofia et les autres avaient également réussi l'épreuve du Courage. La gamine fut autorisée à venir le voir quelques jours plus tard.

Elle était couverte de furoncles de la tête aux pieds. Durant ses propres péripéties, elle était tombée sur un nid d'abeilles et avait tenté de leur dérober un peu de leur précieux miel pour se nourrir. Les insectes, endormis pour l'hiver, s'étaient soudain dégourdis pour se précipiter sur la petite voleuse. La gamine n'avait assuré son salut, face à cet assaut piquant, qu'en se jetant dans l'eau glacée d'une rivière qui s'écoulait tout près. Heureusement pour elle, la froidure avait aidé à calmer les démangeaisons et la douleur liées aux piqûres. Elle dut travailler fort pour parvenir, elle aussi, à faire un feu et, par miracle, le venin accumulé dans son organisme n'avait pas engendré de problèmes sérieux. Le corps de la gamine avait bien réagi à toutes ces attaques. Le reste de son expérience s'était déroulé sans trop de heurts. Elle avait cependant souffert de la faim, car elle n'avait rien trouvé à manger, du froid, à cause de son immersion dans l'eau glacée de la rivière, et de douleurs aiguës résultant des piqûres.

Viktor devina à ses paroles toutes les peurs qu'elle avait dû affronter seule et toute la retenue dont elle tentait de faire preuve devant lui, qui était beaucoup plus éprouvé. Il se promit de lui en reparler, plus tard, quand tous les deux se seraient totalement remis de leur rude expérience. Elle lui narra également quelques aventures cocasses qu'avaient vécues certains des autres novices et, par moments, Viktor dut faire de gros efforts pour s'empêcher de rire, car cela réveillait sa douleur.

Malheureusement pour son pauvre corps endolori, l'incroyable histoire de Vadim déclencha chez lui un véritable fou rire, lorsque Sofia lui raconta que le garçon avait eu l'étrange idée de se badigeonner d'excréments pour échapper à un ours qu'il avait aperçu au loin. Le pauvre avait passé deux jours comme ça. Vadim était parvenu, lui aussi, à faire du feu, mais la chaleur avait durci la matière organique, qui s'était ainsi imprégnée à ses vêtements, à ses cheveux et à sa peau. Lorsque son père adoptif était revenu le chercher, il l'avait installé sur un cheval à part, tenu loin derrière par une corde. L'odeur qu'il dégageait était si pestilentielle que, même après plusieurs bains parfumés à la lavande, Vadim sentait toujours le purin.

Viktor riait tout en se tenant les côtes. Ekaterina, qui demeurait jour après jour à son chevet, savait qu'elle devait empêcher ce genre de situation, mais d'un autre côté, elle devinait que le rire et les échanges qu'il avait avec la fillette lui faisaient plus de bien que toutes les drogues qu'elle lui administrait. La bonne humeur lui revitalisait le corps et l'esprit. Car dans son sommeil, l'enfant revivait intensément les épreuves difficiles qu'il venait de traverser. L'esprit ne se soigne pas comme le corps, il n'y a pas d'onguent pour cela ; seuls le temps, la patience et un environnement sain peuvent en venir à guérir les maux qui l'accablent.

D'ailleurs, à l'insu de Viktor, Ekaterina et Arkadi surveillaient son esprit de très près. Les deux Loups l'entouraient de leurs forces et de leur amour communs.

CHAPITRE 9

Ekaterina n'avait pas quitté le chevet de l'enfant depuis son retour au monastère, bien des jours auparavant.

— Comment se porte-t-il aujourd'hui? demanda Arkadi en poussant la porte de son propre appartement.

Elle était épuisée, ses traits étaient tirés et ses yeux verts se paraient d'un voile rougeâtre, mais elle refusait obstinément d'être remplacée par quiconque. « Un vrai instinct de louve », avait exprimé Arkadi à son sujet en la voyant si dévouée au malade. Pourtant, plusieurs Loups, domestiques et nourrices lui avaient proposé leur aide, pour lui donner le temps de se reposer, mais la femme avait catégoriquement refusé.

Chaque moment passé auprès de Viktor renforçait son amour pour lui. Elle le veillait comme une mère choie son propre enfant. Arkadi savait que les liens affectifs que tissait la Louve avec le gamin allaient à l'encontre des préceptes de la confrérie, mais il ne pouvait y mettre un frein, puisque lui-même ressentait de l'affection pour Viktor comme s'il était son véritable fils. Il n'en parlait jamais à Ekaterina, mais très souvent il se remémorait les avertissements de Gregori quant aux liens qui devaient unir les Loups entre eux. L'ancien Grand Maître aurait désapprouvé leur attitude.

De son vivant, le vieux sage avait plusieurs fois reproché au Chef de meute ses démonstrations « trop émotives », en lui répétant que les Loups ne pouvaient éprouver des sentiments et que ceux-ci étaient les plus mauvais conseillers qui soient. Les Loups étaient formés pour accomplir une mission ; ils ne vivaient pas la vie des gens ordinaires.

Arkadi savait tout cela et il en comprenait les raisons, mais il était incapable de refréner son affection pour l'enfant. Il savait également que ses sentiments desserviraient un jour la mission qu'il avait à accomplir. Il le sentait au fond de lui, comme une certitude, et il préférait ne pas écouter cette petite voix intérieure qui le mettait en garde contre lui-même.

— Il recouvre rapidement ses forces, c'est étonnant. Mais la récupération de son bras sera très longue. J'ai de sérieuses craintes à ce sujet, dit Ekaterina.

— Oui, je sais, j'ai lu le rapport médical. Les médecins ne sont pas très optimistes, mais nous devons patienter et laisser faire la nature. Viktor est un enfant hors du commun, j'ai confiance en ses moyens.

Ekaterina hocha la tête.

— Dis-moi, puis-je évoquer avec lui ce qui lui est arrivé dans la forêt ou le traumatisme est encore trop récent?

— Je pense que oui, certainement. Tu peux aborder le sujet puisqu'il en parlait, justement, hier, avec le jeune Vadim avec qui il a passé un long moment.

— Tiens, tiens, notre jeune Loup se vanterait-il de ses exploits?

— C'est un garçon! concéda Ekaterina en souriant.

— Que me dis-tu là? Les filles ne se vantent pas, peut-être?

— Pas sur ces sujets-là, en tout cas!

— Hum!... je n'en suis pas sûr! Mais tu es remplie de préjugés, ma foi...

— Qui n'en a pas!

La Louve afficha un léger sourire avant d'ajouter sur un ton plus grave:

— Je suis si heureuse qu'il aille mieux, tu sais... J'ai eu si peur.

Son regard se troubla et quelques larmes apparurent sur le bord de ses longs cils foncés. La rougeur de la fatigue et ces larmes naissantes accentuaient le vert de ses yeux.

Arkadi la prit dans ses bras pour la consoler. Elle était épuisée et la tension des derniers jours retombait, faisant ainsi surgir les sentiments d'angoisse refoulés pendant ces longues heures d'attente.

— Moi aussi, Ekaterina, j'ai eu très peur, lui confia Arkadi en la serrant tout contre lui.

Ils demeurèrent ainsi soudés l'un à l'autre pendant de longues secondes, puis la femme recula enfin d'un pas. Une immense gêne était venue se glisser entre eux. Ce fut en portant leur regard ailleurs qu'ils reprirent leur conversation.

— Je vais le voir, énonça le Chef de meute. Toi, je veux que tu ailles te reposer ; je veillerai sur lui. Tu dois m'obéir, je suis le sénéchal, lança-t-il en s'éloignant rapidement pour que la femme ne voie pas le rouge qui lui teintait les joues.

Lorsqu'il entra dans la chambre de Viktor, ce dernier était en train de dévorer un livre de Jules Verne, *De la Terre à la Lune*. Il leva les yeux de son roman pour accueillir, avec un sourire, son mentor.

— Dites-moi, père, croyez-vous qu'un jour nous irons sur la Lune ? demanda-t-il en guise de préambule.

Arkadi se pencha sur le titre du bouquin.

— C'est Sevastian qui t'a prêté ce roman, n'est-ce pas ?

— Oui, il aime beaucoup cet auteur français, et c'est vrai que c'est passionnant à lire. Alors, croyez-vous que nous irons ?

— Sur la Lune ? Ouf ! Tu me demandes là quelque chose… Pourquoi pas, dit-il après réflexion, bien que j'ignore totalement comment cela serait possible. Mais l'homme est rempli de ressources. Nous n'avons qu'à penser à l'automobile qui remplace graduellement le cheval. Bientôt, nous nous déplacerons tous dans cet engin, tu verras. Raspoutine m'a dit qu'à Saint-Pétersbourg, il y en avait partout et que le tsar envisageait d'aménager les rues afin d'en faciliter le déplacement.

— Et comment fonctionnent ces automobiles?

— Très honnêtement, je l'ignore. Je sais que notre tsar en possède plusieurs modèles. Il faut dire que nous sommes bien loin de la capitale, et qu'avant qu'une de ces machines ne circule dans nos campagnes, nous allons monter à cheval pendant encore quelque temps, je pense.

— Mais dites-m'en plus…

— Que veux-tu que je te dise? J'ignore tout de cette invention, je te répète simplement ce que l'on m'en a dit. Nous en saurons plus un jour, mon curieux, conclut le sénéchal en ébouriffant les cheveux de l'enfant. Changeons de sujet, veux-tu? Nous reprendrons cette intéressante conversation plus tard et, si tu le désires vraiment, je tenterai de trouver des informations sur ce moyen de transport qui semble drôlement t'intriguer. Mais avant, nous devons discuter de quelque chose de moins amusant. Dans un premier temps, je veux que tu me dises comment tu te portes ce matin.

— Très bien, père. Je me sens mieux de jour en jour, il me tarde de reprendre mon entraînement et mes activités…

— Ça ne sera plus très long, maintenant. Tu récupères rapidement. Il ne reste que ton bras qui nécessite plus de soins et un long moment de repos. Je veux cependant aborder un sujet plus délicat avec toi : te sens-tu prêt à me raconter ce qui s'est passé dans la forêt ou préfères-tu encore attendre avant d'en parler ?

Le gamin opina de la tête.

— Non, je crois que nous pouvons en discuter.

— Alors, je t'écoute. Je veux que tu me dises dans les détails ce qui s'est passé là-bas.

Le Jeune Loup referma son livre et poussa un profond soupir. Il porta son regard vers la fenêtre, comme s'il cherchait par où commencer, comme s'il mettait de l'ordre dans ses pensées, avant de se lancer dans le récit précis des longues heures qu'il avait passées dans les bois.

Il narra avec soin presque chaque instant. Il relata avec entrain comment il s'y était pris pour faire son feu, comment il avait capturé le hérisson et à quel point il avait été fier de ses exploits. Il réfréna son excitation quand il arriva à l'épisode du carcajou et entreprit de décrire à son père adoptif sa première rencontre avec le mustélidé, alors qu'il avait deviné sa présence dans l'abri-sous-roche, tout en ignorant, cependant, le danger qui le guettait. Il raconta avec émotion chaque détail de ce duel entre lui et l'animal, jusqu'au moment où il avait perdu connaissance.

Arkadi l'écoutait avec compassion, attentif aux émotions que véhiculait l'enfant. Il comprenait que Viktor ressentait une grande fierté de ses heures passées à survivre dans un milieu des plus hostiles pour lui et ses compagnons, mais également que l'aventure avait été difficile. Cela faisait partie de l'éducation des Loups. C'était une des épreuves et ils l'avaient tous subie. Arkadi se promit de lui raconter, un jour prochain, sa propre expérience dans la forêt, à l'époque où il avait passé, lui aussi, cette initiation.

— Viktor, te rappelles-tu de tes émotions avant de sombrer dans l'inconscience? demanda le père adoptif. Te souviens-tu de ce que tu ressentais?

L'enfant prit une seconde pour réfléchir et pour se replonger dans le moment.

— J'étais furieux et enragé contre cette bête à qui je n'avais rien fait et qui cherchait à me tuer. Je percevais parfaitement ses intentions à ses morsures et à ses attaques: elle voulait ma mort.

L'instant avait été dur à vivre. Viktor sentit des larmes couler sur ses joues.

— Je lui avais pourtant donné mon repas, mais elle en voulait plus…

Arkadi posa sa main sur le bras droit de l'enfant pour lui témoigner sa compassion et son soutien.

— Le carcajou est un prédateur… Ce n'est pas à toi directement qu'il en voulait. À ses yeux, tu n'étais qu'un rival sur son territoire. Je crois que l'odeur de ton repas a tout simplement éveillé chez lui l'instinct de te prendre ce que tu avais. Tu sais que le hérisson est le repas préféré des carcajous? fit-il pour tenter de dédramatiser la chose.

Mais Viktor ne répondit rien. Les deux Loups demeurèrent un instant silencieux, l'un revivant cette horrible épreuve, et l'autre la ressentant dans ses tripes et dans son âme de père.

— Sais-tu ce qu'il est advenu du carcajou après votre lutte?

Viktor secoua la tête en signe de négation.

— Il est mort.

— Mort? Mais comment?

— C'est toi qui l'as tué…

L'enfant fronça les sourcils.

— Comment puis-je l'avoir tué, alors que c'est lui qui m'attaquait et que je me suis évanoui?

Arkadi, assis sur le bord du lit de Viktor, rectifia sa position. Il se pencha un peu plus vers lui en lui disant:

— Tu l'as tué en te servant de ton esprit, Viktor.

L'enfant le dévisageait, pas très sûr de bien comprendre, bien qu'intérieurement il entrevoyait quelque chose. Cette révélation n'était pas tout à fait une surprise.

— Tu as fait appel à tes facultés mentales pour neutraliser la bête. As-tu eu l'impression de te glisser dans son esprit?

Le gamin opina de la tête.

— Oui, je me suis vu par ses yeux et j'ai même goûté mon propre sang.

— Hum, hum! Te rappelles-tu de mon intervention dans la grange avec le cheval?

— Oui, parfaitement.

— Eh bien, il semble que tu aies fait la même chose avec le carcajou. Et j'en suis totalement surpris. Savais-tu que tu possédais ce don?

Viktor baissa la tête comme s'il était soudain honteux.

— Je vous ai manqué de respect, père, en n'écoutant pas vos recommandations.

— Que veux-tu dire?

— Dans le dortoir, il y a une petite boîte sous mon lit, qui contient...

— Un surmulot!

— Vous étiez au courant?

Depuis l'instant où tu as pris la décision d'en faire ton compagnon! Mais quel est le lien avec le carcajou?

— Je me suis longtemps exercé sur mon rat... Je voulais être comme vous, et réussir cet exploit qui m'avait subjugué. Depuis que je l'ai en ma possession, j'ai tenté de lui faire faire des choses, mais jamais je n'y suis parvenu. Je ne suis jamais arrivé à pénétrer son esprit.

— Viktor, c'est ta volonté et ta hargne envers ton agresseur qui ont fait plier sa détermination.

Tu aurais pu tout simplement le faire reculer, mais tu l'as tué. Ne t'en veux pas, ce n'est pas grave. Tu parviendras à contrôler ce pouvoir. Mais je dois t'avouer que je suis très étonné que tu sois arrivé à l'utiliser alors que tu es si jeune. Tu sais que ce ne sont pas tous les Loups qui le possèdent?

— J'ai cru le comprendre.

— Ta force est exceptionnelle, Viktor. Tu devras apprendre à l'utiliser à bon escient. Jamais tu ne devras t'en servir pour satisfaire tes propres besoins. Tu comprends?

Viktor acquiesça.

— Je vais te donner des trucs et t'apprendre ce que je sais, pour que tu parviennes à faire de ce don unique un outil que tu maîtriseras. Mais jamais tu ne devras en parler… à personne. Pas même à Sofia.

Viktor plongea ses yeux bleu ciel dans le regard de nuit de son père adoptif.

— Je vous le promets, père.

— Très bien. Maintenant, j'ai un cadeau pour toi.

Le regard de l'enfant s'illumina, sa bonne humeur était revenue. Le sénéchal retourna vers la porte de la chambre. Il revint quelques instants plus tard avec une pelisse* de fourrure qu'il tendit au Jeune Loup.

— C'est la peau de ton carcajou, que j'ai trouvé mort juste à côté de l'endroit où tu avais fait un feu, là où vous vous êtes battus. Je crois que l'avoir auprès de toi te permettra de mieux contrôler ces peurs qui viennent te hanter, surtout la nuit. Sa peau te guidera vers ta guérison, car chaque fois que tu appréhenderas son retour, tu n'auras qu'à toucher sa toison pour comprendre que c'est toi qui as eu le dessus. Tu es sorti grand vainqueur de cette épreuve. Ce n'est pas le carcajou qui a eu raison de toi, mais bien toi qui as su le dominer. Ta force réside dans ton esprit. Au fond de cette forêt, tu as su trouver le chemin jusqu'à elle. Tu seras un grand Loup, Viktor.

Ce tête-à-tête entre Viktor et Arkadi fut déter minant pour l'enfant. À partir de cet instant, sa guérison fut presque miraculeuse. Viktor put enfin sortir trois semaines après l'épreuve et reprendre ses exercices et son entraînement en douceur. Son bras droit, grièvement atteint, demeurerait, selon les chirurgiens et les médecins, probablement atrophié pour le restant de ses jours. De l'avis de plusieurs, jamais l'enfant ne pourrait espérer se resservir de son membre normalement, mais c'était mal connaître le gamin et son père adoptif que de soutenir ce pronostic. Arkadi inventa une série d'exercices spécialisés dans le but de rééduquer ce bras malade, et après bien des heures de souffrances, de découragement et de sueur, le bras droit de Viktor commença à prendre du mieux.

Les cicatrices qui sillonnaient sa joue s'estompèrent graduellement grâce à quelques-uns des onguents magiques d'Ekaterina. Viktor garderait toujours trois sillons rosés en travers de la joue, mais, heureusement pour lui, ils ne défiguraient pas son visage. La Louve avait espoir que les traits du jeune garçon, en vieillissant, se modifieraient et que les cicatrices s'adouciraient jusqu'à être moins visibles.

La volonté de vivre de l'enfant avait été, pour tous ceux qui l'avaient entouré durant ces longues heures de calvaire, une leçon de détermination et un exemple que chacun gardait précieusement en lui. Viktor avait rejoint, pour plusieurs, le rang des héros. On murmurait sur son passage que le rôle qu'il aurait à jouer au sein de la confrérie ne serait pas ordinaire et que, comme son père adoptif, Viktor deviendrait un Loup exceptionnel.

Les jours passèrent et le train-train reprit son cours au monastère Ipatiev. Un rapport condensé fut envoyé au Grand Maître Raspoutine à propos des principaux événements ayant marqué la troisième épreuve des Jeunes Loups, avec une mention spéciale concernant les aventures particulières de certains. Arkadi ne tarda pas à recevoir une réponse qui le surprit quelque peu :

Au sénéchal et Chef de meute,
Arkadi Klimentinov

Ami et frère, je tiens à vous annoncer mon arrivée prochaine au monastère afin de procéder moi-même à la confirmation de nos Jeunes Loups que vous semblez, à voir l'enthousiasme de votre rapport, grandement estimer. Entamez les préparatifs. Je serai à Ipatiev dans une semaine.

Raspoutine-Novyï

Prieur et Grand Maître

Le Chef de meute relut les quelques lignes que le moine lui avait envoyées, comme s'il cherchait quelque indice ou un sens caché derrière l'annonce de sa venue prochaine. En effet, cette arrivée soudaine et imprévue semblait receler quelque chose.

Pourquoi le prieur décidait-il de venir maintenant au monastère pour procéder lui-même à la confirmation des recrues, alors qu'il ne s'était même pas déplacé pour la troisième épreuve ? Ce moment était pourtant bien plus important dans la vie des Jeunes Loups que la simple cérémonie de passage, qui demeurait, somme toute, symbolique.

Arkadi reposa le pli sur sa table de travail et le fixa encore quelques instants, avant de prendre une feuille vierge sur laquelle il se mit à rédiger une longue lettre.

Chapitre 10

La confirmation des Jeunes Loups était prévue pour le dimanche soir. Ce fut avec une certaine excitation que les habitants du monastère s'y préparèrent. La confirmation s'accompagnait d'une fête et d'un délicieux festin, et cette perspective mettait tout le monde en joie.

Ce rituel venait consolider les liens et la place des Jeunes Loups au sein de la confrérie. Il marquait également une étape dans leur vie de Loups ainsi que la certification d'avoir réussi la troisième épreuve. Pour l'occasion, les jeunes recevaient une ceinture*, symbole de leur appartenance à l'organisation.

La journée était fériée pour l'ensemble des membres de la communauté. Tous les confirmands avaient passé la matinée à s'y préparer : bain parfumé, manucure, coupe de cheveux et vêtements neufs.

L'après-midi de ce dimanche particulier avait été principalement occupé par des jeux, et ce fut assurément ce que ces Jeunes Loups apprécièrent le plus de cette journée initiatique. La cérémonie devait se dérouler dans le pavillon de la confrérie, dans la salle même où ils avaient été marqués dans leur chair de l'emblème de l'ordre.

Précédés de leur père adoptif respectif, les Jeunes Loups firent leur entrée dans la vaste salle parfaitement ronde et uniquement éclairée de torches dont les flammes vacillantes accentuaient les ombres sur les oriflammes noires et rouges qui agrémentaient les murs de pierre.

Des six braseros qui ceinturaient la pièce émanait une agréable chaleur qui venait contrebalancer la fraîcheur que dégageaient les pierres.

Sofia regarda Viktor avec un air espiègle. La bonne humeur se lisait sur son visage. La gamine semblait, elle aussi, tout à fait remise de son aventure dans la forêt, tout comme Vadim qui était enfin parvenu à se débarrasser de l'odeur infecte qui lui avait longtemps collé à la peau.

Les quatorze Jeunes Loups qui devaient recevoir leur confirmation attendaient docilement au centre de la pièce, à l'intérieur du cercle où ils avaient eu leur première initiation. Ils portaient tous une longue cape blanche, et c'était avec une fierté évidente qu'ils patientaient.

Derrière une des épaisses tentures de velours se trouvait une double porte de bois massif, bardée d'entrelacs* de fer forgé au symbole de la confrérie.

Sur chacune des deux portes, à hauteur d'homme, apparaissait un heurtoir représentant un loup tenant dans sa gueule un anneau lourd et robuste. Sans que rien ne soit énoncé, mais d'une façon parfaitement orchestrée, chaque Jeune Loup devait frapper trois coups avant de franchir les portes. Le postulant, encadré de son père adoptif et de deux autres Loups témoins, était alors admis dans la salle. Lorsque la porte se refermait derrière eux, le novice devait baisser la tête, en signe de soumission et dire :

— Maître, je désire renouveler mes vœux.

Alors seulement, le Jeune Loup était invité avec ses trois parrains à s'avancer au milieu de la salle.

Viktor venait de pénétrer dans la pièce. Il était le septième. Ce fut avec une grande curiosité qu'il examina les objets autour de lui. À quelques pas devant lui s'élevait une tribune sur laquelle se trouvaient treize hauts fauteuils de velours pourpre, dans lesquels les représentants de la Chambre des douze et le Grand Maître lui-même, Raspoutine, étaient assis. Le prieur était au centre de ces représentants des troisième et quatrième générations de Loups. Les seules marques qui le différenciaient des autres étaient une longue chaîne en or au bout de laquelle pendait le symbole de la confrérie, et la bague sertie d'une émeraude qu'il portait à l'index gauche.

Rappelons ici que ces représentants étaient nouvellement élus, puisque les précédents avaient été éliminés sur ordre des Piliers de l'Arcane.

Tous avaient revêtu une longue cape noire brodée au sceau de la confrérie et regardaient attentivement le nouveau venu. Pendant un temps assez long, un silence profond et solennel salua son arrivée.

Raspoutine le dévisagea avec un intérêt à peine dissimulé et son regard énigmatique sembla soudain se faire plus inquisiteur.

— Nous t'écoutons, Jeune Loup, dit-il enfin d'un ton grave.

— Moi, Viktor, fils adoptif du Loup et Chef de meute Arkadi Klimentinov, je confirme ma volonté de grandir au sein de la confrérie. Je suis né Loup et demeurerai Loup. Et devant la Chambre des douze, devant mon Maître, devant mon père adoptif et devant mes parrains, je jure Obéissance, Dévotion et Discipline à notre confrérie.

Le Grand Maître, qui ne le lâchait pas des yeux, descendit de l'estrade pour faire quelques pas en direction de l'enfant, avant de dire de sa voix basse et perfide :

— Jeune novice Viktor, te voilà aujourd'hui confirmand. Tu poursuis ton chemin pour devenir un Loup.

Raspoutine hésita une seconde. Sa voix marqua une légère défaillance, un trouble presque imperceptible avant qu'il n'enchaîne :

— Que l'esprit des Maîtres anciens te guide dans tes choix et tes passions. Que ta volonté de servir la Confrérie des Loups soit l'unique inspiration de tes décisions. Jure fidélité, jure de ne jamais quitter l'ordre, sous peine de mort.

— Oui, je le jure! répondit Viktor, tentant de glisser dans sa réponse le plus de conviction possible.

Raspoutine franchit les deux pas qui le séparaient du garçon pour venir l'embrasser sur la bouche. À cet instant précis, l'enfant ressentit quelque chose d'étrange l'envahir. Un mélange d'inquiétude et de doute s'empara de lui. Il leva ses yeux bleu ciel vers le maître qui, lui aussi, le dévisageait avec intensité. Arkadi, toujours aux côtés de son fils, capta l'échange entre le garçon et le moine et ressentit presque en même temps l'émotion qui s'était saisie du Jeune Loup. Raspoutine tentait de pénétrer l'esprit du garçon, et Arkadi eut un mouvement d'impatience qu'il chercha aussitôt à contrôler. Il se dressa, mentalement, contre le Grand Maître.

Raspoutine tourna la tête vers le Chef de meute et le dévisagea un instant. Ils se mesurèrent, comme c'était déjà arrivé dans le passé. Mais le Grand Maître lâcha prise le premier, conscient que ce n'était ni le lieu ni le moment pour ce genre de chose. Il reporta son attention sur Viktor qui attendait, ne sachant trop quoi faire.

Le moine reprit la cérémonie, sans que quiconque ne soupçonne quoi que ce fût de ce qui venait de se passer. Certains avaient bien remarqué quelque échange entre les deux hommes et une certaine inconstance dans la suite de la cérémonie, mais l'incident avait été si rapide qu'il passa pour une simple hésitation.

— Tu es né Loup et tu resteras Loup, jusqu'à ce que la mort vienne te chercher, poursuivit le moine, puis il se pencha pour passer à la taille de Viktor une ceinture de cuir, symbole matériel de sa confirmation.

Il la noua solidement avant de retourner à sa place, sans rien ajouter.

Viktor et ses trois parrains pouvaient maintenant quitter les lieux et laisser la place au suivant. Arkadi jeta un dernier regard vers l'estrade ; ses yeux croisèrent ceux du moine. Pendant quelques secondes, ils se toisèrent. Ce furent les trois coups frappés à la porte, annonçant la venue du confirmand suivant, qui mirent un terme à la tension qui régnait entre les deux hommes. Le Chef de meute tourna les talons et rejoignit son fils adoptif. Lorsqu'il arriva à ses côtés, il passa sa main dans les boucles mi-longues de l'enfant en signe de protection, tout en décochant une ultime œillade vers la tribune. Son visage était inquiet.

— Vive le printemps ! Ah ! Pour moi, le mois d'avril est toujours celui de la vie. Je me sens renaître. Je sens que je fais de nouveau partie d'un tout avec la nature.

— Ahhh, Sevastian, tu es un grand sentimental, le taquina Arkadi sans méchanceté. Derrière tes airs d'ours, en réalité, tu es un grand tendre !

— Hun, hun, hun, moque-toi, répondit Sevastian en grimaçant.

— Je ne me moque pas, le rassura le sénéchal, je te dis simplement que tu es un tendre.

— Oui, bien sûr, c'est vrai que j'ai la réputation d'être un tendre au cœur de loup !

— Mais je sais que tu peux également te montrer très féroce. Nul besoin de me le rappeler…

Arkadi faisait référence à une bataille qu'ils avaient eue alors qu'ils n'étaient encore que de Jeunes Loups, et pendant laquelle Sevastian l'avait profondément mordu au mollet.

— Ne me dis pas que tu m'en veux encore ?

— Depuis ce jour, je prépare ma vengeance, répondit Arkadi en riant, avant de passer son bras autour des larges épaules de son frère d'armes*.

Les deux hommes étaient très liés depuis leur enfance, comme les autres Chefs de meute de la confrérie. C'était une des raisons pour lesquelles les enfants étaient enlevés à leur famille dès leur naissance, pour que fleurissent entre eux des liens fraternels très forts.

Ils rirent de bon cœur de ces quelques anicroches qui avaient meublé leur jeunesse.

— Dis-moi, comment va ta meute et l'éducation de Sofia ? l'interrogea Arkadi, changeant de sujet.

Tous les Chefs de meute revenaient à pied après s'être exercés dans les bois, non loin du monastère. Les autres Loups suivaient par petits groupes à l'arrière et discutaient jovialement.

L'entraînement des Loups occupait la majeure partie de leur temps. Le reste était consacré à l'entraînement des frères lais qui n'avaient pas eu la chance de devenir Loups et qui formaient les meutes sous la direction d'un chef, ainsi qu'à l'éducation des enfants, pour ceux qui étaient également pères adoptifs. Une vie de routine établie sur la discipline et la vie communautaire.

— Bien, bien, très bien ! Mes hommes sont disciplinés et dévoués. Il n'y a parmi eux aucune tête forte, et je ne rencontre pas de problèmes majeurs. Je pense que nous avons là d'excellents hommes de main. En ce qui concerne Sofia, eh bien, je dois t'avouer que, dans les premiers temps, j'avais des doutes sur le fait d'éduquer une fille, mais elle a su me prouver que j'avais tort. Elle est aussi forte et aussi disciplinée qu'un garçon. J'en suis très fier.

Le sénéchal lui répondit par un sourire.

— Tu m'en vois ravi.

— Tu sais comme moi que l'épreuve de la forêt est certainement la plus difficile, puisqu'elle se joue sur deux niveaux : l'esprit et la force physique. Et tu sais également que ma Sofia a connu, elle aussi, d'affreux instants, avec cette attaque d'abeilles et la douleur des piqûres qu'elle a endurée pendant deux jours et bien après son retour. Eh bien, elle ne s'est pas plainte une seule fois. Très honnêtement, elle m'a renversé !

— Oui, effectivement, je dois admettre qu'elle a bien du caractère et une volonté féroce d'être l'égale des garçons. Ça se voit au premier regard. Elle fera une excellente Louve, Sevastian. Et toi, tu es, incontestablement, un grand tendre ! conclut Arkadi qui ponctua son propos d'un éclat de rire, puis assena une claque dans le dos de son frère d'armes.

Les Loups entrèrent dans le monastère. La bonne humeur emplissait les murs. Était-ce dû au printemps, ou encore à la vie qui suivait son cours en douceur depuis quelques mois ? Les tensions qui secouaient la Russie depuis quelque temps s'étaient, semble-t-il, momentanément apaisées. Mais tous savaient, sentaient, que le feu n'était pas éteint et que cette dormance n'était que passagère. Elle finirait bien par se réveiller… peut-être avec l'éclosion du printemps.

Arkadi se dirigea d'un pas rapide vers ses appartements. Une importante réunion devait avoir lieu dans une heure. Il souhaitait se laver et déjeuner en paix, avant de redevenir le sénéchal avec les responsabilités qui lui incombaient. Lorsqu'il était Loup et qu'il s'entraînait avec ses frères et sœurs d'armes, il retrouvait ce confort et le bonheur d'être comme les autres, comme avant. Il n'aimait pas cette fonction que lui avait attribuée le Grand Maître, tout simplement parce qu'il haïssait Raspoutine. En étant ainsi à la tête du monastère durant ses absences, Arkadi se trouvait dans l'horrible position de devoir appuyer les décisions du moine, et le Chef de meute détestait cela. Il comprenait également que, par cette nomination, le moine cherchait à le manipuler, et cette pensée le faisait rager.

Lorsque le Loup poussa la porte de sa chambre, il découvrit sur sa table de travail une lettre cachetée. Quelqu'un était entré chez lui pour venir la poser là. Intrigué, il l'ouvrit aussitôt.

Cher ami et frère,

Raspoutine cherche le moyen de vous enlever Viktor, car il pressent, chez l'enfant, un don exceptionnel. Le moine recherche toujours cette chose dont je vous ai déjà parlé. Il entrevoit dans les capacités de Viktor des forces qui pourraient lui être fort utiles. Prenez les mesures qu'il faut pour protéger votre fils. Son rôle sera significatif dans l'histoire qui est en train de s'écrire.

Un ami qui vous veut du bien

Arkadi relut une nouvelle fois le pli avant de le froisser. Il demeura de longues secondes sans bouger, préoccupé. Cette missive n'était pas réellement une nouvelle pour lui, il avait très bien perçu les intentions du moine envers son protégé lors de la cérémonie de la confirmation. Mais il avait cru s'être trompé lorsqu'il avait vu Raspoutine repartir, dès le lendemain, pour la capitale impériale.

Pendant la cérémonie, le moine avait tenté d'infiltrer l'esprit de l'enfant, et sans sa présence à ses côtés, il y serait parvenu. Mais comment pourrait-il protéger Viktor si Raspoutine cherchait à le lui enlever ?

Il jeta la lettre sur les quelques braises mourantes de sa cheminée. Le papier fut long à s'enflammer. Le Loup demeura prostré devant l'âtre aussi longtemps que cela fut nécessaire pour que le pli devienne un tas de cendres. Son esprit était ailleurs. Il cherchait comment contrer les intentions du moine. Il ignorait toujours qui était son mystérieux informateur et, en réalité, c'était le cadet de ses soucis, puisque les informations que ce dernier lui livrait étaient inestimables. Quelqu'un l'aidait, et cette personne vivait de toute évidence au monastère, bien qu'elle fût au courant des plans du moine qui, pour sa part, se trouvait à Saint-Pétersbourg !

Ce qu'Arkadi appréciait le plus de son mystérieux correspondant était que cette personne connaissait les enjeux derrière les décisions qui étaient prises, contrairement aux autres Loups qui ne devaient qu'écouter et obéir. À cette pensée, les yeux du Chef de meute devinrent plus sombres encore. Une lueur de haine y brillait. Il rêvait du jour où il verrait ce perfide personnage tomber. Il espérait que ce serait de sa main. Il n'avait aucune preuve contre le moine, seulement des présomptions, et cela ne suffisait pas à accuser quelqu'un, même s'il était convaincu que cet homme était le meurtrier de Gregori et d'Iakov.

Arkadi fit rapidement sa toilette, puis se dirigea vers le réfectoire où devait se tenir la rencontre avec tous les Loups, les Jeunes Loups et les domestiques du monastère. Il était temps de passer à la quatrième épreuve.

Sentir qu'il n'était pas seul face à l'immense partie qui se jouait le rassurait un peu. Il n'était pas seul, non plus, à savoir que Raspoutine était un homme fourbe qui se servait de l'ordre pour arriver à ses fins.

Les pensées du Loup s'arrêtèrent aussi sur cette étrange chose que le moine recherchait et que lui-même, selon les dires de son mystérieux informateur, possédait. Il n'avait toujours pas trouvé ce que c'était. Plusieurs fois, il avait passé en revue ce que Gregori lui avait légué. Mais il n'avait rien découvert qui puisse intéresser le prieur au point de le pousser à tuer deux personnes.

— Chers Loups, Jeunes Loups et camarades, nous sommes ici réunis, par ce merveilleux et très agréable après-midi, pour une raison très précise : la quatrième épreuve de nos novices.

Une rumeur s'éleva dans les rangs. L'immense réfectoire qui servait également d'auditorium et de lieu de rencontre réunissait, à ce moment-là, tous les habitants du monastère, soit cent vingt-cinq personnes — Loups, enfants, frères lais et domestiques.

Les enfants, placés devant, écoutaient attentivement, car si les plus âgés savaient très exactement ce qui allait suivre, eux découvraient leur prochaine épreuve.

— Jeunes Loups, vous avez tous brillamment réussi la troisième épreuve, la plus ardue de toutes. Et bien que plusieurs d'entre vous aient profondément souffert de cette difficile expérience, vous vous en êtes admirablement sortis. La quatrième est moins pénible, je vous rassure tout de suite. C'est celle de l'Humilité. Elle est là pour vous enseigner que votre destinée de Loup est exceptionnelle, et que vous êtes choyés d'avoir été choisis par les astres pour ce destin unique. Vous avez connu de grands moments depuis votre arrivée, vous avez passé de terribles épreuves faites pour tester votre endurance, votre volonté et votre force, tant mentale que physique. Cette nouvelle épreuve est tout autre, puisqu'elle ne vise qu'à vous rappeler que vous êtes, avant tout, des personnes humbles qui venez également de la terre. La majorité d'entre vous êtes de naissance modeste, et cette épreuve est là pour vous faire comprendre que vous avez de la chance de vous trouver ici. Elle vous enseignera que nous ne sommes que de simples serviteurs au service d'une grande cause. Que nous ne sommes pas des êtres à part.

Les enfants échangèrent des regards interrogateurs avec leurs pères adoptifs, ne se doutant pas un instant de la suite des choses.

— L'épreuve qui va suivre n'en est pas une de force, mais bien, comme je viens de vous le dire, de modestie.

Arkadi regarda un à un les quatorze Jeunes Loups avant de dire enfin :

— Pendant une semaine, vous allez changer de place avec les domestiques du monastère, avec ceux qui vous servent si loyalement et que vous ne voyez même pas. Leur présence à vos côtés vous semble naturelle et leur loyauté également, mais vous allez découvrir que ces gens sont vos égaux et qu'ils font eux aussi un dur travail. Durant une semaine, vous ferez tout ce qu'ils font habituellement. Vous troquerez même votre confort contre le leur. Vous dormirez dans les dépendances. Vous préparerez les repas. Vous nettoierez les écuries et les étables. Vous vous occuperez du monastère. Vous nous servirez. Enfin, pendant une semaine, et ce, tous les jours, vous devrez laver les pieds des domestiques en signe d'humilité.

Les Jeunes Loups, abasourdis, ouvrirent de grands yeux. Traités avec attention depuis leur plus jeune âge, les jeunes avaient toujours tenu pour acquis la servitude des domestiques du monastère. Aucun ne s'était jamais arrêté à se demander si ces gens, qui n'étaient pas des Loups mais qui vivaient à leurs côtés, avaient des états d'âme et même des besoins.

— Allez préparer votre bagage, parce que, pendant une semaine, vous ne retournerez pas dans les dortoirs, si ce n'est pour en faire le ménage. Vos chambrettes deviendront ces prochains jours les appartements de vos serviteurs, et leurs modestes grabats seront les vôtres.

Les enfants se retournèrent vers leurs pères adoptifs, incertains d'avoir bien compris ce que l'on attendait d'eux. Certains, plus costauds physiquement, râlèrent devant l'inutilité d'un tel exercice, mais leurs tuteurs, le sourire aux lèvres, leur répétèrent ce que venait de dire le sénéchal.

Viktor attendait Arkadi à la sortie de la salle. Il patientait pendant que son tuteur discutait avec quelques domestiques de la marche à suivre. Le Chef de meute donnait ses ordres avec humilité, et le garçon admirait le tact de son père. Pour le Jeune Loup, Arkadi était un exemple sur tous les plans. Il savait depuis toujours qu'il ne souhaitait qu'une chose dans la vie : lui ressembler. Il le regardait agir avec les autres et il comprenait que le Loup savait y faire.

Il sentit une présence dans son dos et, sans même se retourner, il lança :

— Bonjour, Ekaterina…

— Comment savais-tu, mon jeune coquin, que c'était moi ? demanda la femme en ébouriffant les cheveux foncés de l'enfant.

— Nul besoin d'avoir de dons particuliers pour cela, j'ai senti votre parfum, un mélange d'épices et de vanille, qui vous précède toujours.

La Louve le regardait.

— Que tu es charmeur ! Toutes les filles seront à tes pieds…

Le gamin sentit le rouge monter de ses pieds et envahir son visage, jusqu'à la racine de ses cheveux.

— Es-tu prêt pour la prochaine épreuve ? poursuivit-elle pour mettre un terme à la gêne évidente de Viktor.

— Oui, bien sûr, même si je n'en vois pas encore très bien l'utilité…

— Évidemment! Mais tu la découvriras, ne t'en fais pas. Rien n'est vain dans les épreuves qui ponctuent la vie d'un Loup.

— Avez-vous passé ce test aussi quand vous étiez une Jeune Louve?

— Comme les autres Loups. Personne ne peut en être exempté. Sans cela, impossible de devenir un Loup, cela fait partie du code de la confrérie. Même si j'étais la fille du Grand Maître Gregori, j'ai subi le même traitement que les autres, afin de démontrer mes aptitudes. Ceux qui ne réussissent pas les épreuves ou qui refusent de s'y soumettre sont exclus de la formation et deviennent des frères lais, sous les ordres de Chefs de meute. Et il est impossible pour ceux-là de devenir des Loups par la suite. Alors, pour répondre à ta question, oui, j'ai subi cette épreuve, tout comme Arkadi et les autres Chefs de meute.

— Oui, et elle était très efficace, et même excellente, quand est venu le temps d'astiquer les cuivres et les chaudrons, lança Arkadi en s'avançant vers eux.

Ekaterina lui répondit par une grimace, ce qui fit beaucoup rire Viktor. Il aimait ces deux êtres plus que tout, et leurs chamailleries quotidiennes animaient beaucoup les journées, parfois longues et austères, de la vie presque monastique des jeunes de l'abbaye.

— Allons te préparer, enchaîna son père adoptif en poussant délicatement Arkadi en avant.

L'épreuve débute maintenant et vous devez, déjà, prévoir le repas de ce soir.

— Mais comment allons-nous faire? demanda Viktor, presque paniqué.

— Vous vous débrouillerez! Tu es parvenu à survivre en forêt et tu redoutes de passer une semaine dans la peau d'un serviteur? le gronda gentiment le Chef de meute en entraînant le Jeune Loup à sa suite.

La Louve les regarda partir, l'esprit songeur et le regard rêveur.

Chapitre 11

La quatrième épreuve avait débuté depuis trois jours et les jeunes commençaient à filer sur leur erre d'aller. Bien entendu, certaines corvées étaient plus difficiles que d'autres et en faisaient tiquer plus d'un : par exemple, laver, tous les soirs, les pieds des domestiques. Un profond dégoût se lisait sur leurs traits juvéniles. Cela faisait beaucoup rire les adultes.

Vadim faillit tourner de l'œil lorsque le fils de la cuisinière, qui s'occupait généralement des basses besognes, enleva ses chaussures, puis ses chaussettes pour la première fois. Le gamin retroussa le nez avant de se lever précipitamment et de tirer l'adolescent vers la fenêtre qu'il ouvrit toute grande.

— Depuis quand ne t'es-tu pas lavé les pieds ? s'écria le Jeune Loup en agitant sa main devant son visage pour chasser les odeurs.

Le jeune domestique se contenta de hausser ses larges épaules :

— Me rappelle pas !

— Décidément, j'ai un abonnement avec les puanteurs! rétorqua le jeune Vadim en faisant référence à son épreuve dans la forêt et au badigeon d'excréments.

Ses compagnons éclatèrent de rire.

Les domestiques, de leur côté, se sentaient très à l'aise dans ce renversement des rôles. Ils profitaient pleinement de ces heures de relâche que leur offrait ce rituel plutôt étrange, sans se poser de questions.

Dans le grand salon de l'abbaye, Arkadi discutait avec d'autres Chefs de meute à propos de certains départs qui devaient avoir lieu au cours des jours suivants. Quelques Loups et leurs meutes partaient pour Saint-Pétersbourg, prenant ainsi la relève de ceux qui s'y trouvaient depuis des mois.

— Sénéchal! Une lettre vient d'arriver pour vous, annonça un frère lai en tendant un pli au Chef de meute.

Arkadi reconnut aussitôt le sceau du Grand Maître et fronça les sourcils. Depuis quelque temps déjà, il appréhendait de recevoir des nouvelles de Raspoutine. Il décacheta l'enveloppe en s'éloignant de quelques pas du groupe.

Saint-Pétersbourg, 30 avril 1910

Cher ami et frère…

Arkadi sourcillait toujours en lisant ces mots empreints d'hypocrisie.

Après avoir longuement réfléchi et après en avoir discuté avec notre tsar Nicolas II, je tiens à vous faire part d'une nouvelle qui, j'en suis certain, vous comblera en tant que père adoptif du jeune Viktor, vous qui êtes soucieux de voir son avenir s'ouvrir devant ses pas. Je veux vous informer de ma décision de poursuivre moi-même l'éducation de ce Jeune Loup. Le garçon, voué, j'en suis assuré, à un destin exceptionnel, a des dons particuliers qu'il est nécessaire et urgent de développer. Je me chargerai donc de son instruction personnellement. Je le prendrai sous mon aile et l'aimerai comme mon propre fils. Viktor accompagnera la relève qui doit partir dans quelques jours pour me rejoindre à Tsarskoïe Selo. Je me fie à vous en tant que sénéchal pour le préparer, et pour obéir promptement à mes ordres.

Obéissance, Dévotion et Discipline

Grand Maître et prieur du monastère Ipatiev

Raspoutine-Novyï

Arkadi n'en revenait pas. Il relut trois fois la missive qu'il tenait fermement des deux mains, puis, de rage, la déchira, oubliant totalement qu'il n'était pas seul.

Les Chefs de meute tournèrent la tête dans sa direction, intrigués par cette réaction si surprenante de la part du Loup.

— Ça va ? demanda Smirnov.

Mais Arkadi fut incapable de répondre. Il quitta rapidement les lieux. Une fois dans le couloir, il courut vers ses appartements. Il tentait de retenir ses larmes et ne souhaitait pas qu'on le voie ainsi. Il referma bruyamment la porte de sa chambre derrière lui, avant de s'y adosser.

« Je le savais, j'en étais sûr… je l'ai vu dans ses yeux, dès l'instant où il a posé son regard sur Viktor. Qu'est-ce que je vais faire, mon Dieu, mais qu'est-ce que je vais faire ? Aidez-moi… »

À cet instant, de petits coups discrets tintèrent contre la porte.

— Arkadi, c'est moi… Ouvre-moi, dit à voix basse Ekaterina.

Elle l'avait suivi lorsqu'elle l'avait aperçu qui quittait précipitamment le grand salon. Elle ne se trouvait pas dans la pièce avec les autres, mais dans le couloir qui menait aux cuisines. Elle voulait voir comment s'en tiraient les jeunes domestiques en herbe, quand elle l'avait vu sortir en trombe. Il était passé devant elle sans la voir, mais la Louve avait perçu, dans ses yeux foncés, une détresse qui l'avait bouleversée.

Mécaniquement, Arkadi lui ouvrit la porte qu'il referma derrière elle aussitôt qu'elle fut entrée. Il lui tendit les morceaux de la lettre déchirée, incapable de parler. La Louve replaça les fragments ensemble avant de déchiffrer la missive.

— C'est pas vrai! s'exclama-t-elle en terminant sa lecture, les yeux embués. Mais pourquoi? Pourquoi Viktor? Pourquoi lui et pas un autre? Ce n'est encore qu'un enfant… Pourquoi? s'écria-t-elle en faisant face au Loup.

Arkadi était encore étourdi par la nouvelle. Si bien qu'il lança, en guise de réponse:

— Parce que Viktor a un don et que ce monstre va tout faire pour l'exploiter à son profit.

— Un don? Quel don? De quoi parles-tu, Arkadi?

Le Chef de meute se mordit les lèvres, regrettant amèrement d'avoir divulgué cette information. Il n'avait pas le droit de révéler à la Louve les raisons soutenant certaines décisions. Il décida aussitôt de lui donner assez de renseignements pour satisfaire ses questions, sans aller au-delà.

— Viktor possède une force mentale exceptionnelle qu'il est encore incapable de maîtriser, mais qui bouillonne dans ses veines.

— Une force mentale? Comme toi? demanda-t-elle.

— Oui. Mais Viktor possède des facultés intellectuelles encore plus développées que celles que j'ai ou que j'ai pu voir chez d'autres. Et, bien entendu, il n'en soupçonne pas du tout la portée. C'est lui, par sa volonté propre, qui a tué le carcajou dans la forêt. C'est son esprit qui lui a permis de survivre aux attaques de cette bête. Ce sont ses facultés qui lui ont sauvé la vie. N'importe qui serait mort au cours de cette attaque, Ekaterina, tu comprends?

— Et Raspoutine…

— Raspoutine a décelé le don de Viktor à la confirmation. Je l'ai senti. J'ai vu comme il le regardait. Je suis parvenu à faire barrage quand il a essayé de pénétrer son esprit. Viktor est encore incapable de protéger ses pensées, il est trop jeune… Ce charlatan va l'utiliser pour arriver à ses fins.

— Mais quelles fins? De quoi parles-tu? Que me caches-tu?

Arkadi prit les mains de la Louve et plongea son regard noir dans les yeux verts de la femme. Une mèche de ses cheveux auburn glissa sur son visage.

— Raspoutine cherche à atteindre le pouvoir suprême, celui que nous protégeons au péril de notre vie. Tu ignores beaucoup de choses, Ekaterina. C'est comme ça et je ne peux rien te dévoiler. Je n'en ai pas le droit. Tout ce que je peux te dire, c'est que ce moine n'est pas celui qu'il prétend être. C'est un usurpateur. Il se sert de l'ordre pour arriver à ses fins.

— Je ne comprends rien. Il veut quoi… être tsar ? C'est ridicule…

— Tut, tut, tut, tu t'égares ! Notre ordre, chère Ekaterina, protège bien plus que le tsar, mais c'est tout ce que je peux te dévoiler.

La femme allait protester, mais le sénéchal leva la main pour lui imposer le silence.

— Je ne peux rien te dire de plus. Fais-moi confiance et suis-moi sans me poser de questions. Un jour viendra où tu sauras tout. Mais pour le moment, tu dois te satisfaire du peu que je te dis.

La femme le dévisagea de son regard intelligent et pur, comme si elle tentait de tirer des quelques bribes que venait de lui confier son compagnon le sens caché de ses propos. Essayer d'infiltrer son esprit était inutile et représenterait aux yeux de son frère d'armes un manque de confiance et de respect. Elle devait donc être patiente. Elle opina doucement de la tête.

— Je te fais confiance. Tu sais que je suis à tes côtés. Je te suivrai partout où tu me demanderas d'aller, sans jamais te poser de questions. Mais depuis longtemps maintenant, tu me caches trop de choses, alors promets-moi, quand cela sera possible, de tout me dire.

— C'est promis. Bientôt, tu sauras tout.

Arkadi attira la femme tout contre lui pour la serrer dans ses bras. Au moment où ils allaient se séparer, leurs regards s'amarrèrent l'un à l'autre.

Doucement, comme au ralenti et en parfaite communion, leurs lèvres se collèrent. Ils échangèrent un long et délicat baiser.

— Pourquoi dois-je partir ? Vous ne m'aimez plus ? demanda Viktor à son père adoptif qui l'avait emmené faire une promenade dans les bois pour lui faire part de la nouvelle.

Personne ne devait assister à ces instants qui seraient certainement douloureux.

— Non, non ! Ce n'est pas ça. Ce n'est pas moi qui souhaite te voir partir, c'est Raspoutine qui te veut à ses côtés, auprès de lui. Il désire poursuivre lui-même ton éducation.

— Mais je ne veux pas partir, je ne veux pas vous quitter…

— Non, moi non plus, Viktor, je ne le veux pas, mais ce sont les ordres. Raspoutine est le Grand Maître de notre confrérie et nous lui devons obéissance.

— Je le déteste ! s'écria Viktor en comprenant qu'il était coincé.

Bien malgré lui, il allait quitter le monastère, son père, Ekaterina, Sofia et la quiétude de sa vie. Il allait quitter sa famille.

L'enfant se mit à pleurer en tambourinant de ses poings sur la poitrine de son père. C'était la première fois que le Chef de meute le voyait dans cet état. Cela le bouleversait. Arkadi le prit dans ses larges bras pour le serrer avec force et pour tenter de le calmer, de lui insuffler sa propre énergie.

— Je suis navré, mon fils. J'aimerais passer outre à cet ordre, mais je ne le peux pas. Quelle est la loi de notre confrérie ?

Viktor, niché dans le cou de son père, continuait de pleurer, mais, à travers ses lamentations, il articula en hoquetant :

— Obéissance… Dévotion… et Discipline…

— Voilà ! Tu connais comme moi les bases de notre organisation. Tu sais que nous sommes les gardiens de quelque chose de plus grand que nous. Nous sommes voués à une cause depuis notre naissance, et malgré nos sentiments propres.

Viktor se redressa en essuyant ses yeux du revers de sa manche. Soudain Arkadi vit devant lui le petit garçon de dix ans qu'il avait lui-même été, et la frayeur qu'il avait éprouvée certains soirs.

— Tout se passera bien, tu verras. Il faut que tu travailles avec sérieux. Je viendrai te rendre visite dès que j'en aurai l'occasion. J'inventerai même des raisons s'il le faut, d'accord ? Mais avant, tu dois me promettre quelque chose.

Viktor hocha la tête, tandis que des larmes ressurgissaient de ses yeux rougis.

— Tu dois me promettre de ne laisser personne te forcer à quoi que ce soit. Méfie-toi, là-bas, des gens que tu fréquenteras. Tu devras découvrir par toi-même qui sont tes amis, car Saint-Pétersbourg est une grande ville, et tu vas y rencontrer énormément de gens. Écris-moi souvent, dès que tu le peux. Je veux que tu me racontes dans les moindres détails ce que tu fais et comment Raspoutine poursuit ton éducation.

Viktor le regarda dans les yeux.

— Vous ne faites pas confiance au Grand Maître, n'est-ce pas ?

Arkadi le dévisagea, surpris.

— Ce n'est pas ça…, bafouilla-t-il.

— Je sais, je le vois… Vous n'aimez pas Raspoutine. Vous le croyez responsable de la mort de Gregori et d'Iakov. Vous pensez également qu'il cherche à se servir de moi.

Le Chef de meute le fixa, interdit. Il ne savait quoi répondre. Devait-il nier ce que Viktor affirmait avec tant d'assurance ? Cet enfant était tellement étonnant. Pendant une seconde, il revit l'instant où il l'avait pris pour la première fois dans ses bras. Il avait su alors que ce petit être était exceptionnel. La maturité du gamin l'avait toujours surpris.

— Je le sais parce que je ressens ce que vous ressentez depuis toujours, et que je vous aime comme vous m'aimez…

Arkadi ferma les yeux un instant afin de se ressaisir.

— Oui, je t'aime, Viktor. Tu es mon fils…, bredouilla le Loup en étouffant un sanglot.

— Je serai prudent, ne vous inquiétez pas…

— Jamais tu ne devras laisser Raspoutine connaître tes pensées…

— Je m'y emploierai de toutes mes forces, père…

Le départ pour la ville impériale était prévu quelques jours plus tard, sitôt la fin de la quatrième épreuve. Pour beaucoup de monde, les derniers jours furent empreints d'une profonde tristesse.

Sofia pleura longuement quand elle apprit que son ami partait, qu'il quittait le monastère pour Saint-Pétersbourg, qui était si loin de Kostroma. Ils se promirent de s'écrire et de ne jamais s'oublier. La gamine lui assura entre ses larmes qu'ils se retrouveraient dans un avenir proche.

Ekaterina était, plus que les autres, effondrée, et elle errait dans l'abbaye comme une âme en peine. Depuis l'attaque de Viktor par le carcajou, elle n'avait pas eu beaucoup de répit et cela affectait sa santé.

Un matin, alors qu'Arkadi voulait la réconforter en la prenant dans ses bras, elle s'écroula, inconsciente. Dans un délire fiévreux, elle appela Viktor comme une mère appelle son enfant. Arkadi repensa encore une fois aux mises en garde de Gregori. Le vieux sage avait eu bien raison de lui dire de se protéger des sentiments.

Lorsque les chevaux, lancés au galop, s'éloignèrent du monastère, la pluie vint se mêler aux larmes des êtres chers de Viktor. L'enfant, en croupe derrière un Loup, capuche rabattue, était en pleurs. Il aurait tellement aimé descendre du cheval et courir retrouver sa vie auprès des siens, au monastère.

L'imposant édifice aux murs blancs et la cathédrale de la Trinité, avec ses cinq dômes en or, disparurent rapidement derrière les cavaliers. Pour la deuxième fois de sa vie, l'enfant était arraché à sa famille… par des Loups.

Une page venait d'être tournée, et tous surent que leur vie ne serait plus jamais la même.

CHAPITRE 12

Arkadi avait passé la nuit debout à réfléchir et à se promener de long en large dans son appartement. Tellement de questions sans réponses venaient hanter ses pensées. Il avait tenté de se constituer une vue d'ensemble de la situation en se basant sur les maigres données dont il disposait, mais rien de bon n'en était sorti.

Le départ de Viktor, à la demande expresse de Raspoutine, avait-il réellement un lien avec ce que le moine cherchait désespérément depuis longtemps maintenant ? Quelle était cette chose ? Son fils courait-il un danger ? Devait-il, lui-même, désobéir au Grand Maître et à la confrérie et passer outre ses ordres ? Toutes ces questions se heurtaient les unes aux autres sans fournir aucune étincelle de réponse.

Il s'assoupit enfin dans un fauteuil devant la cheminée de sa chambre vers cinq heures du matin, épuisé à force de réfléchir en vain.

Le vieux Gregori attendait depuis des heures maintenant le moment propice pour entrer en contact avec son fils adoptif, grâce à ses rêves. Ce fut à travers un épais brouillard qu'Arkadi le vit s'approcher de lui. Il sourit en tendant les bras vers l'ancien Grand Maître de la confrérie. L'homme aux cheveux blancs et au regard cendré se déplaçait comme sur un nuage. Une grande sérénité se dégageait de lui. Son visage parcheminé était illuminé de bien-être.

— Mon fils… tes choix sont difficiles et tes questions sont multiples. Ce n'est pas cette nuit que tu trouveras les réponses que tu cherches. Ne t'avais-je pas prévenu de ne pas t'attacher à cet enfant ? Dès ton retour de Sokol, j'ai vu dans tes yeux que tu l'aimais déjà… L'amour est le plus mauvais conseiller, t'avais-je dit alors.

— Mais c'est aussi une force incroyable…

— Oui, tu as tout à fait raison. Par amour, on peut accomplir de grandes choses, mais cela est vrai pour ceux qui ne vivent pas la vie que nous menons… La mission pour laquelle nous sommes formés depuis l'enfance n'autorise pas de tels sentiments, et tu le sais.

Arkadi baissa la tête pour cacher ses larmes.

— Je suis désolé de vous avoir déçu, père…

— Tu ne m'as pas déçu, Arkadi. Que tu éprouves de l'affection pour Viktor et même pour mon Ekaterina est tout à ton honneur, mais cela est une entrave à ce que tu es… Regarde à quel point le départ de l'enfant te mine et affaiblit également ma fille. En tant que Loups, vous devez maîtriser vos sentiments, sinon votre place n'est pas au sein de la confrérie. Comment veux-tu contrer un homme tel que Raspoutine, qui n'hésitera pas à se servir de Viktor pour parvenir à ses fins, si tu lui offres ton attachement envers le gamin sur un plateau d'argent ? Tu lui donnes des armes pour te détruire. Tu dois te ressaisir…

— Mais Ekaterina…

— Ekaterina ne tient pas un rôle essentiel dans cette histoire, même si ses agissements auront sans doute certaines répercussions dans l'avenir. Tu sais comme moi que ma fille est devenue une Louve par concours de circonstances. Elle n'a jamais été désignée. Elle était là, c'est tout. Elle est une Louve et elle a très bien surmonté les épreuves, mais au fond d'elle, ce n'est pas ce qu'elle cherche. Ma fille n'a jamais souhaité la vie qu'elle a. Au fond d'elle, elle n'est pas une gardienne. Elle n'a réussi les épreuves que pour me plaire. Mais tout comme de toi, je me suis détaché d'elle. Je le devais. Et toi aussi, tu dois t'éloigner de Viktor, si tu veux pouvoir l'aider et si tu souhaites servir la cause avec objectivité. Tu dois te reprendre en main, si tu veux comprendre ce qui se passe, Arkadi… Il me reste peu de temps…

— Oui, père, mais avant que vous ne partiez… j'ai une chose à vous demander. Dites-moi, que recherche exactement Raspoutine ?

— Je ne peux te le dire, mon fils. Cela influencerait trop tes décisions. Les choses doivent se faire, malgré tout. Tu le découvriras par toi-même. Mais sois très prudent, car le moine est prêt à tout pour l'obtenir… Sois sur tes gardes où que tu sois, car il surgira là où tu t'y attendras le moins. C'est un être perfide…

Le spectre de Gregori devint plus diffus pour tranquillement se fondre dans l'espace. Arkadi eut alors un sursaut. Il ouvrit aussitôt les yeux sur les braises mourantes du foyer. Il regarda autour de lui, se rendant compte qu'il venait de rêver. Dehors, les premières lueurs du jour naissaient. Le Loup demeura un instant le regard dans le vague, à repenser à la conversation qu'il venait d'avoir avec son père adoptif. Son rêve était clair, comme s'il avait réellement parlé à Gregori. D'ailleurs, il pouvait presque sentir encore sa présence à ses côtés.

— Je sais que tu me parles dans mes rêves et que tu es là près de moi, que tu me guides. Je vais prendre les choses en main à partir de maintenant, Gregori. Et si je dois aller à Saint-Pétersbourg pour contrer ce diable de Raspoutine, eh bien, soit, j'irai.

Il aspergea son visage d'eau froide et le frotta vigoureusement. Il comprenait maintenant que le départ de Viktor n'était pas une fin en soi. L'histoire s'écrivait dorénavant ailleurs qu'au monastère, dans la ville impériale, au cœur même du pouvoir. La partie ne faisait que débuter.

Sans bruit, Arkadi quitta le monastère. Il avait besoin de bouger et de s'enfoncer, à cheval, dans les bois, pour se ressourcer et réfléchir à ses actes futurs. Il ressentait la nécessité d'être seul pour y voir clair et pour se permettre de prendre du recul sur ce qu'il commençait à entrevoir. Le réveil prochain des occupants de l'abbaye l'empêcherait de jouir de cette solitude dont il avait tant besoin. La visite de Gregori avait ouvert quelques portes sur cette immense fresque dont il n'était qu'un petit fragment.

En arrivant à la hauteur des grilles du domaine, Arkadi informa le gardien, surpris de le voir à cette heure si matinale, qu'il partait chasser. Il serait de retour dans l'après-midi. L'homme ne paraissait pas convaincu, mais Arkadi était le sénéchal et c'était lui qui décidait en l'absence du Grand Maître. Il lui souhaita bonne chasse en le laissant passer, puis regarda le Loup partir seul en forêt.

Le cheval à la robe alezane* du Chef de meute semblait connaître parfaitement chaque sentier et chaque dénivellation du terrain. Le Loup le laissa s'enfoncer à travers les bois, sans le diriger. Il avait pris son arbalète comme unique arme et pensa qu'il devrait tuer quelque gibier afin de ne pas revenir les mains vides au monastère.

Il s'arrêta un long moment au bord d'une magnifique rivière tout en cascades, dont le bruit assourdissant envahissait tout l'espace. Il connaissait parfaitement l'endroit ; il y venait très souvent pour se recueillir, loin du mouvement incessant de la vie de l'abbaye.

Là, accroupi devant la rivière, il prit le temps de faire le point sur ses sentiments, avant de passer à la série de questions qui le tourmentaient depuis si longtemps.

À la lumière de son échange avec Gregori, Arkadi commençait à entrevoir certains détails qui pourraient bien en expliquer d'autres. Il envisagea quelques réponses en reformulant les questions autrement, histoire de voir la scène sous un autre angle.

Depuis quelque temps, les Piliers de l'Arcane gardaient Raspoutine à la tête de la confrérie pour des raisons qui lui échappaient encore, mais qui devaient tout de même être assez importantes pour que le moine reste en vie.

Il devait encore patienter avant de comprendre l'ensemble de l'équation. Les événements à venir allaient sans doute lui donner d'autres clés et d'autres réponses.

La nature s'épanouissait, et déjà la forêt se faisait plus dense. Il repartit, décidé cette fois à chasser, car la journée avançait imperceptiblement. Il reprit les rênes de son cheval et poursuivit le chemin à pied, à l'affût du moindre bruit et du plus petit mouvement. Son instinct de chasseur était en éveil, le Loup en lui également. Il s'enfonça toujours plus loin, jusqu'au moment où il aperçut une petite clairière lumineuse entre les arbres. À quelques mètres de lui se tenait un magnifique cerf, âgé d'au moins huit ans à en juger par ses cors, qui broutait avec nonchalance.

Arkadi lâcha la bride de son cheval. Ce dernier, habitué, demeura à côté. Lentement, le sénéchal détacha son arbalète de la selle et s'avança à pas feutrés jusqu'à un arbre à demi couché. L'endroit lui semblait parfait pour abattre l'animal sans que celui-ci ne détecte sa présence. Il mit un temps infini à se déplacer pour enfin prendre position. Il plaça un carreau* sur la rainure de son arme, tendit la corde jusqu'à la noix et mit le cerf en joue. Soudain, son cheval hennit.

Son front se plissa. L'atmosphère venait de changer. Il vit le cerf disparaître dans les fourrés en quelques bonds.

Il se relevait, déçu, quand un coup s'abattit sur sa nuque. Sonné et chancelant, Arkadi se retourna pour voir ce qui venait de le frapper. Des hommes masqués et vêtus de noir se ruèrent sur lui. Il reçut plusieurs coups de poing dans l'estomac et au visage avant de s'écrouler.

L'attaque avait été si subite que le Loup, en touchant le sol, ne réalisait pas encore l'ampleur de la situation. Un goût de sang vint remplir sa bouche. Quelques questions s'imposèrent à son esprit : comment se faisait-il qu'il n'avait pas pressenti cette assaut, lui qui était formé pour anticiper ce genre de gestes ? Pourquoi s'en prenait-on à lui, là, en pleine forêt ? Était-ce des truands qui cherchaient à le détrousser ? Que lui voulaient ces hommes ?

Il tenta de se relever en s'appuyant sur ses avant-bras. Ses attaquants l'encerclaient. Il reçut un violent coup dans les côtes, ce qui le propulsa de nouveau à terre. Un homme se pencha vers lui pour le retourner, puis le saisit par le haut de sa veste en cuir. Il cherchait à le soulever pour lui asséner un autre coup. Arkadi, dans un ultime effort, lui décocha enfin un coup de poing directement à la tempe. L'homme tituba et, avec lui, Arkadi qui était parvenu à se mettre à genoux. Il s'accrocha de son mieux à son assaillant, le temps de reprendre pied. Sa tête lui faisait abominablement mal. Il avait des vertiges. Des élancements aigus vrillaient son oreille droite, ses côtes le faisaient horriblement souffrir à chaque respiration, mais il devait se battre. C'était la seule façon d'espérer se tirer de cette embuscade inexplicable. Le Chef de meute savait que si c'étaient des brigands, ils ne le laisseraient pas en vie. Il ne voyait pas comment il allait s'en sortir, mais au fond de lui, une certaine hargne le maintenait en alerte. La partie n'était pas terminée. Il devait tenir. Peut-être ses assaillants allaient-ils finir par le laisser tranquille. Mais il n'en fut rien. Arkadi reçut encore plusieurs coups avant de s'effondrer sur le sol, cette fois-ci à demi inconscient.

Pendant un instant qui lui parut une éternité, il ne se passa plus rien. Était-il mort? se demandait-il. Mais à travers ses paupières bouffies et douloureusement gorgées de sang, il distingua des mouvements. Des ombres s'agitaient autour de lui. Il entendit également des voix. Ses agresseurs discutaient entre eux, décidant probablement de son sort.

Parmi ces voix, une retint son attention. Il la connaissait. C'était une voix grave qui s'exprimait dans un murmure, comme pour masquer son identité. Il l'avait déjà entendue, il en était certain. Il tenta de saisir les paroles qu'échangeaient les hommes, mais le bruit de son propre cœur emplissait ses tempes. Pourquoi ne l'achevaient-ils pas? se demandait-il sans cesse.

Il tenta d'ouvrir les yeux un peu plus, mais la douleur fut trop intense et ses paupières ne répondirent pas à sa volonté. Il sentit quelqu'un se pencher sur lui. L'ombre se tenait tout près de son visage. Il reconnut alors sans hésiter les yeux bleus si énigmatiques de son assaillant: il s'agissait du prieur!

— Avez-vous trouvé ce que vous cherchiez? demanda une voix rauque que le sénéchal jugea être celle du chef de la bande.

— Non.

L'ombre se releva.

— Souhaitez-vous que nous le tabassions encore ?

— C'est inutile. Il n'a pas ce que je cherche, sinon vous seriez déjà morts…

— Qu'en faisons-nous ?

— Tuez-le ! commanda le Grand Maître. Attendez mon départ et éliminez-le. On se retrouve là où vous savez. Ne traînez pas en chemin.

Arkadi entendit des bruits de pas fouler le sol humide. Il devina que Raspoutine enfourchait un cheval et quittait la scène du crime.

— On attend cinq minutes qu'il se soit assez éloigné. Après, on finit le boulot.

Ces cinq minutes semblèrent s'étirer en des heures interminables. Arkadi tentait de reprendre ses forces. Il ne pouvait pas mourir ainsi, bêtement, au beau milieu de la forêt, alors qu'il était un Loup ! C'était trop stupide. Et puis, il devait protéger Viktor contre ce monstre de Raspoutine. Cet homme était le diable en personne. Non, sa vie ne se terminerait pas ainsi, c'était impossible. Qui prendrait soin d'Ekaterina qu'il aimait de tout son être ? Elle vivait déjà des heures difficiles depuis le départ du garçon, que lui arriverait-il lorsqu'elle apprendrait sa mort ?

Arkadi remua légèrement, mais il était incapable de bouger. Son corps était trop meurtri. Même s'il disposait de quelques pouvoirs, comme celui de contrôler mentalement d'autres êtres, il était incapable de se concentrer pour parvenir à dépasser cette intense douleur qui lui vrillait le corps.

Le Chef de meute sentit tranquillement sa volonté l'abandonner. Les silhouettes autour de lui devenaient floues et les voix, lointaines. Il comprit que c'était la fin. Son âme était en train de quitter son corps. Un certain bien-être l'envahit, mais aussi une grande frustration. Il avait encore tellement de choses à faire, il ne pouvait pas partir maintenant…

— Bon, le moine doit être assez loin. Ne traînons pas plus longtemps dans le coin. Finissons-en…, clama le chef de la bande.

À suivre…

Des personnages
plus grands que nature

Anna Vyroubova : (1884-1964), épouse d'Alexis Vyroubova, lieutenant de vaisseau et alcoolique notoire reconnu pour ses excès. La tsarine Alexandra Fedorovna Romanova la prit sous son aile, et la jeune femme devint rapidement sa demoiselle d'honneur, son amie et confidente.. Elle exerça une grande influence sur l'impératrice et devint même l'amie des enfants du tsar. Anna Vyroubova rencontra Raspoutine en 1909 chez la grande duchesse Militza de Monténégro et tomba littéralement sous le charme du moine qu'elle suivit partout par la suite. Elle l'invita chez elle et dans toutes les soirées mondaines, et alla même jusqu'à le suivre en Sibérie en 1911.

Note de l'auteure : Pour les besoins du livre, j'ai choisi de mettre Anna Vyroubova et Raspoutine en contact bien avant la date réelle de leur rencontre.

Alix : Réel surnom de la *tsaritsa* Alexandra Fedorovna Romanova, impératrice souveraine de Russie, de son vrai nom Alexandra de Hesse-Darmstadt.

Felix Youssoupoff, prince et comte Soumakoroff-Elston (1887 1967). Il détint l'une des plus grosses fortunes de Russie et d'Europe. Il épousa la nièce du tsar, Irina Alexandrovna.

Lénine : Vladimir Ilitch Oulianov, dit Lénine (1870-1924). Homme politique russe. Après une déportation de trois ans en Sibérie et un exil en Suisse, il publia en 1903 un exposé sur sa conception d'un parti révolutionnaire centralisé, *Que faire?* Il devint chef du Parti ouvrier social-démocrate de Russie et forma une faction bolchévique. Cet homme politique fut un des personnages marquants du changement du système politique de la Russie.

Pope Georgi Gapone : prêtre de l'Église orthodoxe (1870-1906). Il fit partie des gens qui encouragèrent le peuple à se révolter, et ce fut sous ses encouragements que les ouvriers participèrent à la marche pacifique du 22 janvier 1905, tristement connue sous le nom de Dimanche rouge*. Quelques milliers de personnes trouvèrent la mort quand le grand duc Serge ordonna à l'armée de faire feu sur les manifestants.

Serge Witte ou comte de Witte : (1849-1915), ministre sous les règnes d'Alexandre III et de Nicolas II. Il fut un des visionnaires et maîtres d'œuvre de l'industrialisation de la Russie. Il signa également le *Manifeste d'Octobre* en 1905, prélude aux premières lignes de la Constitution russe. C'est sous son cabinet que fut terminée la construction du transsibérien, et c'est lui aussi qui étatisa la vodka. Il voyait dans l'industrialisation de cet alcool de grandes retombées économiques pour le pays. Witte ouvrit les frontières aux investisseurs étrangers et, dès 1900, près de 300 industries étrangères (principalement françaises et belges) s'installèrent en Russie. Serge Witte s'opposa ouvertement au tsar et à sa volonté de déclarer la guerre aux Japonais.

Un peu de symbolisme pour mieux comprendre certains choix de l'auteure

Ceinture : Son symbole est celui de former une boucle reliant un élément à un tout. C'est la matérialisation de l'engagement ou du serment. La ceinture prend souvent une valeur initiatique sacralisante.

Cinq : Ce chiffre tire son symbolisme de ce qu'il est : la somme du premier chiffre pair et du deuxième chiffre impair. C'est le symbole de l'homme qui forme, avec ses bras écartés et ses jambes, la croix. C'est également le symbole de l'univers et de l'étoile avec ses cinq branches, le pentagone.

Nudité : C'est le symbole de la pureté physique, du retour à l'état primordial. C'est également celui du dénuement devant le jugement divin.

Pilier : Représente le centre du monde, la source et le canal de l'existence. Osiris, dans la mythologie égyptienne, est bien souvent représenté sous la forme d'un pilier. C'est le symbole du principe organisateur de la société.

Quelques mots et dénominations que l'on connaît moins

Abri-sous-roche (un) : Emplacement, plus ou moins profond, situé sous un surplomb rocheux.

Alexandre (colonne) : Située en plein centre de la place des Palais, à Saint-Pétersbourg, elle fut élevée pour commémorer la victoire du tsar sur les troupes de Napoléon. D'une hauteur de 47 mètres, elle est faite de granit rouge et surmontée d'un ange victorieux.

Alezan (e) : Se dit d'un cheval dont la robe et les crins sont d'un jaune rougeâtre.

Anachorète (un) : Synonyme d'ermite (*Le Petit Larousse Illustré*, 2008).

Arcana arcanorum : En latin, se traduit par le secret des secrets.

Bicéphale : Le symbole du tsar était un aigle bicéphale (à deux têtes).

Bretteur (un) : Personne qui aime se battre à l'épée. Le nom vient de « brette (une) », qui est une épée de duel, longue et étroite (*Le Petit Larousse Illustré*, 2008).

Carcajou (un) : Mammifère carnivore des régions boréales, au corps trapu et massif (*Le Petit Robert*, 2008).

Note de l'auteure : Étant donné que l'histoire se déroule en Russie, l'usage aurait voulu que j'utilise son équivalent européen pour désigner cet animal, soit le glouton. Mais je préfère conserver la désignation carcajou qui représente dans la société québécoise l'image d'un animal mythique, reconnu pour sa férocité.

Carpates (les) : Chaîne de montagnes de l'Europe occidentale qui s'étend en arc de cercle sur la Slovanie, la Pologne, l'Ukraine et surtout la Roumanie (*Le Petit Larousse Illustré*, 2008).

Carreau (un) : Grosse flèche d'arbalète munie d'un fer à quatre faces.

Dimanche rouge (le) : Répression de 1905. Le 22 janvier 1905, une foule comptant pas moins de 100 000 personnes (principalement des ouvriers et leurs familles) marcha dans les rues de Saint-Pétersbourg en direction du palais d'Hiver où résidait le tsar. Cette manifestation se voulait pacifique. Les manifestants réclamaient au tsar de meilleures conditions de travail dans les usines, la libération des prisonniers politiques et plus de liberté pour les paysans. Mais le tsar Nicolas II donna à son armée l'ordre de faire feu. Des milliers de personnes moururent. Cette répression entraîna de graves conséquences. Elle marqua les premières manifestations qui menèrent le pouvoir à sa déchéance.

Duchesse : Titre donné aux filles du tsar et aux femmes de la famille royale.

Entrelacs (des) : Ornement, composé de lignes entrelacées, qui peut être abstrait, géométrique ou composé de motifs végétaux ou animaliers stylisés (*Le Petit Larousse illustré*, 2007).

Ermitage (l'), ou palais d'Hiver : Situé sur la place des Palais, à Saint-Pétersbourg, ce palais de 350 pièces fut érigé sous le règne de Catherine II, dite « la Grande ». Amie des artistes, mécène et passionnée d'art, elle fit construire cet édifice pour y recevoir les chefs-d'œuvre du monde entier. Aujourd'hui, l'Ermitage est un musée comptant pas moins de 3 millions d'objets, et regroupant des collections d'art provenant de l'Antiquité orientale, grecque, romaine et islamique, de la Renaissance italienne, et de peintures issues des XIXe et XXe siècles. On y retrouve des œuvres de Giorgione, Léonard de Vinci, Michel-Ange, Raphaël, Titien, Monet, Renoir, Degas, Van Gogh, Gauguin et beaucoup d'autres.

Frère d'armes ou sœur d'armes : Homme ou femme qui a combattu aux côtés d'une autre personne, pour la même cause.

Frère lai (un) ou sœur laie (une) : Religieux ou religieuse non admis en communauté et qui assure pour celle-ci les services matériels.

Grazie Santo Padre : En italien, se traduit par : « Merci, Saint-Père. »

Guerre russo-japonaise (la) (1904-1905) : Guerre entre la Russie et le Japon qui dura 19 mois et qui se termina par la victoire de ce dernier.

Guilleret : Vif et gai, de bonne humeur.

Hémophilie : Maladie héréditaire, transmise par les femmes et n'atteignant que les hommes. Elle se caractérise par une tendance plus ou moins grave aux hémorragies du fait de l'insuffisance d'un facteur de coagulation.

Icône (une) : Représentation d'image sacrée du Christ, de la Vierge, de saints et d'anges, typiquement russe. Généralement peinte sur des panneaux de bois, elle se distingue par ses couleurs éclatantes. Elle est très représentative de la ferveur religieuse des Russes orthodoxes. Chaque foyer, de la plus humble chaumière au palais des tsars, possède son icône protectrice.

Jacquerie (une) : De Jacques, nom donné aux paysans. Une jacquerie définit une révolte paysanne (*Le Petit Larousse Illustré*, 2008).

Kalatchi : Petit pain torsadé.

Kasha : Bouillie de céréales ressemblant à du gruau, à laquelle on ajoute du lait de vache ou de chèvre.

Limogeage : Action de priver un fonctionnaire de son emploi par révocation, par renvoi.

Nankin (un) : Taffetas de coton originaire de Nankin en Chine, généralement utilisé dans la conception de chemises.

None (une) : Quatrième partie du jour, c'est-à-dire 3 heures de l'après-midi. Dans la religion, une none est une partie de l'office monastique qui se récite à 15 heures.

Okhrana **(l')** : Une section de la police secrète impériale, très redoutée, active de 1881 à 1917. Elle imposa une surveillance implacable à tous les paliers de la société russe et contrôla entièrement les écrits et la pensée. Ses arrestations menaient tout prévenu dans les mines de Sibérie, condamné aux travaux forcés à perpétuité. Pour appliquer ses lois et protéger le pouvoir, cette organisation disposait de plus de 20 000 agents secrets et agents infiltrés, en Russie et ailleurs.

Pelisse (une) : Doublure intérieure de fourrure, sans manches, qui peut se porter seule.

Peterhof : Palais surplombant le golfe de Finlande, sur la Baltique. La résidence à la façade ocre et blanche est appelée le « Versailles russe » et constitue une merveille grâce à ses jardins, ses fontaines et sa construction en terrasses.

Pierre de taille : Bloc de roche taillé et destiné à être utilisé sans enduit extérieur, dans la construction.

Roman (e) : Se dit de l'art, de l'architecture, de la peinture qui se développèrent en Europe aux XIe et XIIe siècle, et qui tendent vers le sacré. Cet art emprunte des sources aussi variées que le carolingien, l'antique oriental, l'islam et même l'irlandais.

Samovar (un) : Instrument en hauteur muni d'un robinet, servant de bouilloire et de réchaud pour faire du thé. Généralement décoratif et en métal.

Sénéchal (un) : Historiquement, grand officier qui commandait l'armée et rendait justice au nom du roi. D'un point de vue ésotérique, haut grade dans certaines sociétés secrètes, comme les Templiers.

Sexte (une) : Partie de l'office célébrée à la sixième heure du jour, soit midi.

Sine qua non : locution latine qui veut dire : indispensable pour que quelque chose existe ou se fasse.

Skoufa **(une)** : Bonnet liturgique noir en tissu, à usage quotidien.

Staretz **(un)** : Titre donné à des moines laïques ou religieux que l'on venait consulter en qualité de prophètes.

Tarpan (un) : Cheval des steppes d'Ukraine et d'Asie occidentale.

Tatras ou Tatry (au pl.) : Partie la plus élevée des Carpates, aux confins de la Pologne et de la Slovanie. Aujourd'hui, c'est un parc national (*Le Petit Larousse Illustré*, 2008).

Tierce (une) : Partie de l'office qui se dit à la troisième heure, soit à 9 heures du matin.

Troïka (une) : Mot russe désignant un groupe de trois chevaux attelés de front et qui tirent un véhicule comme un landau ou un traîneau.

Tsarevitch ou grand duc : Désigne le fils ou le petit-fils du tsar.

Tsarskoïe Selo : Aujourd'hui appelé Pouchkine. C'est là que se situe le palais d'Alexandre, à 25 kilomètres au sud de Saint-Pétersbourg. Le domaine, immense, comprend plusieurs bâtiments comme l'arsenal, l'île des enfants, le théâtre chinois, la chapelle, les écuries, le parc animalier (avec ses lamas et ses éléphants), le chenil, la tour blanche, les ruines de l'ancien palais, les garages, etc.

Vosges (place des) : Anciennement appelée la place Royale et située dans Marais, à Paris. La place fut construite en 1605, sous le règne d'Henri IV.

La production du titre *Les Loups du tsar, Le courage et la l'humilité* sur 2 839 lb de papier Enviro antique naturel 100m plutôt que sur du papier vierge aide l'environnement des façons suivantes :

Arbres sauvés : 24

Évite la production de déchets solides de 696 kg

Réduit la quantité d'eau utilisée de 65 797 L

Réduit les matières en suspension dans l'eau de 4,4 kg

Réduit les émissions atmosphériques de 1 527 kg

Réduit la consommation de gaz naturel de 99 m^3